講談社文庫

寂聴さんに教わったこと

瀬尾まなほ

講談社

まえがき――寂聴先生との10年間

２０２１年11月９日、瀬戸内寂聴先生が亡くなった。私は今も先生がこの世にもう存在しないことが理解できていない。

やることが多すぎて、その上、手探りで一つ一つこなしている日々。世間は放っておいてくれず、終日続くマスコミの取材の来庵や電話、寂庵前の張り込みなど、悲しむ暇もなくそっちに気を持って行かれた。

「先生ってそれほどの人だったってことだよね」と言われて、そりゃそうだと思いながらも、こんなときこそそっとしておいてくれない？　と泣きたくなった。

先生は寂庵にずっと帰りたがっていた。「死ぬのは寂庵がいい」、そう言っていた。帰る準備もしていたのに、それを待たずして先生の容体は急変し、逝ってしまった。

「先生のそばに最後までいる」と決めていたけれど、そんなに簡単なことではなかった。大切な人の死に直面するということは私が想像していた以上にきついことだ。

「瀬尾さんの声を一番よく聞いていたし、慣れているから先生は理解しやすいんだね」と入院中によく言われた。会話は出来なくとも、先生は耳が聴こえていて私の言うことは理解していたし、相槌も打ってくれた。

先生が亡くなる前日、私は先生と二人きりになれた。私が一方的に話していたけれど、息子の話をすると先生が笑った気がした。いや、絶対笑った。まさかその時が先生との最後の会話になるとは思わなかったけれど、その時間が持てたこと、今でも本当に良かったと思う。

先生との時間はいつか終わりがくるとしても、こんなに急にくるとは思いもせず、私の半身がどこかへもぎとられていくような気持ちになる。温かくひだまりのような先生の笑顔がもう見られないと思うと、私の心は寒く心細くなってしまった。

けれど友人が教えてくれた言葉に、「失くしたものより残ったものを数えろ」という名言があって、私もそうしようと思う。

先生との日々は尊いものであり、私にとって宝物であったことを強く感じている。

*

寂聴先生に初めて出会ってから10年が経った。10年……。0歳だった赤ちゃんが10歳に成長する長い年月だと、私は息子が生まれてからこういう見方をするようになった。

そのとき先生はすでに88歳、私は23歳。周りはどう見ていたのだろう、こんなに長く働けるなんて誰も思いはしなかったに違いない。だって、私もそうだから。

先生のことを尼さんとしか知らなかった大学生の私は、就職活動で大きく躓いていた。そんなとき友人から紹介された就職先が、先生のところだった。先生は京都の嵯峨野に庵を結んでいて、そこは自宅兼事務所にもなっている。私は先生の出版関係の事務をするために、先生の事務所に就職することになった。

面接の日は母に途中までついてきてもらい、寂庵の門前で別れた。京都の嵐山をもっと北へ上がると、風情漂う、昔ながらの家が建ち並ぶ静かな嵯峨野に、寂庵は建っていた。

客間に案内され、先生と初めて会った私はきっと緊張していたのだと思う。瀬戸内寂聴なんて、私には縁もゆかりもない人だったから。

でも就職先が見つからず、不安な日々を送っていた私は、この話をもらったとき、希望の光だと思ったし、具体的に何をするのか知らなくとも、私でも名前を知っているような有名な人のところで働くことに強い好奇心と、これを逃すと自分の人生は、きっとどうしようもなくなると感じていた。

面接というのに、面接らしくない。世間話をして、最後に出されたゴディバのチョコレートをお土産(みやげ)にくれた。ゴディバなんて高級品は初めてだった。

先生は88歳という年齢を全く感じさせず、最初からフレンドリーに話してくれた。

「来月からおいで」の一言で私は入社が決まったのだ。面接を終えた私は、外で不安そうに待つ母に、両手で大きく〇のマークをしてみせた。

後で先生から、「この子に、私のこと作家と知ってる？　と聞くと、『いいえ』、私の本読んだことある？　と聞くと『いいえ』と言ったから採用した」と聞いた。先生のファンや、作家志望の文学少女だったら、仕事にならないから断るつもりだったらしい。口先だけでも知ったかぶりをしなくてよかった……。

寂庵で働き始めた頃は、長年働くスタッフの方が5人いた。皆50代以上、私は一人20代、皆さん私に親切にしてくれた。私は先生の本や、当時発行していた「寂庵だより」の管理など事務的な仕事をしていた。寂庵にも慣れてきた頃、変化は急にやってきた。

ベテランのスタッフが皆で、先生に辞めると伝えたのだ。理由は、90歳を超える先生は自分たちの給料を払うために必死で働いてくれている、それが申し訳ないということだった。参拝料もとっていない寂庵は常に赤字だったので、私たちは先生の執筆業、ペン一本でお給料を貰っていたのだ。

「もう私もあとわずかよ、最後までいてほしい」と先生は止めたけれど、結局、私一人を残して皆辞めることになった。「まなちゃん頼むね」と後を託されて、不安しかなかった。先生を知る前は無知な私だったけれど、寂庵に来て数年。先生の存在の大きさはわかっている。それを25歳の私が支えるの？　無理！　そんな不安を知ってか、先生は私に聞いた。「まなほ、一人で出来る？」。思わず口に出た言葉は、「はい！」だった。

すると先生も、「今は大きく何かを変えるチャンスなのかもしれない。寂庵、春の革命だ！」と前向きにそう思うようになったのだ。

私もそこに飛び込むことにした。先生の好奇心と改革するパワーに。もちろん最初は苦労したし、先生にも負担をかけた。でも、2人でなんとかやりとげた。その後新しく若いスタッフを入れて、寂庵はだんだん落ち着いてきた。

92歳のとき先生は腰の痛みを訴え、急遽入院することになった。痛みがなかなかとれない入院生活中、先生はみるみる弱くなっていった。そんなとき、検査で胆のう癌が見つかり、それを摘出する手術も受けた。私はほぼ毎日病院へ行き、痛い痛いと泣く先生を見つめていた。励ましも次第に意味を無くし、何も出来ない自分の無力さに落ち込み、疲れも溜まり、病院へ行くと、「過労」だと言われた。

私は何も出来ない、でも私は自分が先生のそばにいたいから通った。くだらない話をして、笑ったら痛いと怒られながら、そんな先生を見て少し安堵し、今日は何を差し入れようかと、先生が「おいしい」と喜んでくれるものを考えた。

先生は退院後もしばらくは寝たきりの状態だったが、懸命にリハビリをして、見事に復活した。その後も、先生は数年に一回、大きな病気をして入院し、手術をした。それでも先生は必ず復活した。

病気のときも、先生の関心はつねに「書くこと」だった。胆のう癌をとる手術をしたときも、「このことは書ける」と言っていた。どんな経験も書くことにつなげる先生は、思考がすべて作家脳なんだと感じる。復帰してからも、家でリハビリをしながら、机に向かった。

僧侶として、法話などの行事は義務だけれど、書くことは、作家としての快楽だと先生は言っていた。「最期（さいご）はペンを持ったまま死にたい」といつも言うけれど、それも叶（かな）うんじゃないかって思っていた。お酒が好きな先生は、おちょこを持って死んでも先生らしい気もするけど、そうだったとしても、私がこっそりペンに替えとくね！　と。

23歳だった私は、この10年、先生のそばで成長してきた。いろいろな場所にも同行させてもらったし、たくさんの人に会わせてもらった。自分の人生にはありえないような経験もさせてもらった。先生は手取り足取り教えるタイプじゃなくて、基本的に私に任せてくれた。そして私を、人前で褒(ほ)めてくれた。実は自信のない私にとって、それがどんなにうれしかったことか。もっともっとがんばろうと思えた。先生の役に立ちたいと思うようになった。

それでも、素直に受け止められないときがあった。

「私なんか」とよく言っていた。先生が私を過大評価している気がしたから。そんな私に先生は、『私なんか』なんて、決して言わないで。この世でたった一人の自分を粗末に扱うなんて、自分に失礼よ」と強く言った。

全くそんな発想がなかったので驚いたけれど、先生が私のことを想(おも)って、私の存在価値を認めてくれたようで、とても嬉しかった。

先生に教わったことは他にもたくさんある。

まだ青かった私は、世の中のものは正義と悪、白と黒に分かれていると信じていた。だから、間違っている！　と相手を責め立てても当たり前だと思っていた。

先生は、そうじゃないことを教えてくれた。世の中にはグレーもあるってこと。正義だけを押し付けることが正しいとは限らないこと。

聖書にこんな話がある。

姦通（かんつう）した女に石を投げつけて殺そうと訴えた民衆に、イエスは「罪を犯したことのない者から石を投げなさい」と言った。人々は一人、二人と去り、やがてその場に残るのはイエス一人になったという話だ。

ハッとした。「こうあるべきだ」と決めつける私も、その民衆と同じだったのだ。

先生は「愛することは許すこと」と言う。私はいつも先生の寛大さや心の広さに、自分の小ささを痛感させられてしまうのだ。

20代の頃の私は、先生にひどい仕打ちをした人に先生が親切にしている姿を見て納得がいかず、先生に訴えたりもした。先生はその都度（つど）、私のことをさとしたり、ときには叱（しか）ったりした。腑（ふ）に落ちない私はふてくされたりもした。先生の考えを尊重するより、自分の想いで動いていたように思う。

自分の仕事で忙しい先生を、私の未熟さで煩（わずら）わせたし、めんどくさかっただろうなと、今になって思う。でも先生は私を手放したりしなかった。

先生と出会えたことが、私の人生を大きく変えた。

私は先生に伝えたいことや誤解を解きたいことなど、時々手紙に書いて渡していた。返事はなかったけれど、必ず読んでくれていた。そして先生は私の手紙を、小説『死に支度』の中で使ってくれた。それを読んだ編集者の方から、「瀬尾さんから見た寂聴さんを書いてみないか？」と本の出版の話をもらったのだ。私の手紙が素直でいいと常々褒めてくれていた先生は、出版の話をすると一緒に大喜びしてくれた。

私の『おちゃめに100歳！寂聴さん』は処女作ではあるが、先生が一緒に宣伝してくれたおかげで、たくさんの人に読んでもらえた。その後も、『寂聴先生、ありがとう。』と、先生との共著も2冊ださせてもらった。この本に収録した新聞連載（「まなほの寂庵日記」共同通信社）も持てたし、雑誌や新聞でも書かせてもらえるようになった。イベントや講演などの依頼も増え、メディアでの露出も増えた。

しかしそれに伴って誹謗中傷などがあり、私は自分が想像した以上に知名度だけが先走り、自分の知らないところで批判される不安と恐怖に苛まれた。恐くなって布団をかぶって部屋で静かにしていても、私の名前が独り歩きして、様々なことがネットで書かれていたり、身近な人を私が存在するだけで傷つける結果になってしまったりした。

でも先生は、「妬かれるってことは、羨ましいと思われている証拠。妬かれるような存在になったってこと」と言ってくれた。そして誹謗中傷に関しては、「私も昔ひどく言われたことがあるよ。悪口を言う人があなたを養ってくれるの？　そうじゃないでしょう。そんな人のことを気にする必要はない」とも。

秘書として、本当は先生の後ろでサポートするべき立場なのに、先生の隣に並び、メディアにも露出し、ものを書く。それは確かに気に食わない人も多いだろう。けれど、先生はいつも私の背中を押してくれた。「チャンスがきたら逃さないこと。波がきたらそれに乗ること」と言ってくれた。戸惑いや不安の中でも、先生がいいと言うならいいんだと思えたのが救いだった。誰が何と言おうとも、先生がＯＫならいいじゃないか！　と。

先生のおかげで、私は書くことの楽しさを知ることができた。書くって難しいけれど、楽しい。読者の方からの手紙で、私が先生を想う気持ちが、誰かが誰かを想う気持ちと重なることがあると知ったとき、心が温かくなった。書く時だけは格好つけずにありのままでいよう、そう決めた。

そしてもう一つ、私の人生を変えた経験があった。仕事の縁で出会った人と結婚することを、先生に突然報告したのだ。先生は驚いていたけれどとても喜んでくれて、「まなほの結婚式でしっかりスピーチしないと」とはりきってリハビリに励んでくれた。また妊娠したことを伝えたときも喜んで、次第に大きくなるお腹によく話しかけてくれた。

子どもが苦手だと言っていた先生。そして、子どもが生まれたら育児で大変だから、仕事が続けられないと決めつけていた先生。私は早々と産後復帰し、息子を保育園へ預け、今まで通りフルで働いている。息子が生まれてから先生は、子どもの無垢(むく)さと純粋さ、無限にある可能性がとてもおもしろいようで、私たちの会話は息子のことばかりになった。

しかし、そんな息子の誕生後、世の中は一変する。新型コロナウイルスが猛威をふるいはじめたからだ。マスク着用必須、外出は控えるように、それでも感染者は増える一方で、見えない敵に全世界は翻弄(ほんろう)される。寂庵も法話や写経の会といった行事はすべて中止。来客も断った。静かになった寂庵で先生は執筆に励む。でも五つの連載を抱える先生は衰えていく体で、一日中しんどくて寝ていることも増えた。私たちスタッフと会話するくらいで、外からの刺激が全くなくなった。代り映えのない日々、それでも、時間は刻々と過ぎていく。生まれたばかりだった息子が2歳になった。

数えで100歳の年を迎える今年は、先生の年になる。新しい本も出るし、100歳を記念して全集も出る、なんて先生と話していたのに。いつの間にかこの連載エッセーも5年を迎えた。意外と読者が多いようで、よく「読んでるよ」と声をかけていただく。

書くことが、こんなに自分の光になるとは思いもしなかった。先生に出会えただけで充分なのに、自分の知らなかった自分を先生が見つけてくれた。自己肯定感の低かった私を先生は褒めて、認めてくれた。居場所なんてないと思っていた私を、先生は受け入れてくれた。嫌なことがあったり怖いことがあっても、「私には瀬戸内寂聴がいる」と思えたら無敵に感じた。

先生は大きくて深くて、私にはなくてはならない存在。99年という人生を歩んだ先生の晩年に、私に逢えてよかったかもね、って思ってほしい。

一人で生き続けてきた先生に、一人じゃないって知ってほしい。私が出来ることは特別なことなんて何一つないけれど、先生のそばに居続けること、それが私の希望なのだ。

この10年間で私が一番一緒に時間を過ごしたのは先生だと思うし、先生も私だと思う。その年月が、私の人生に蓄積されていって、揺るがないものになったように感じている。それが、私の中の強さへと変わり、覚悟になった。

つまり、先生との時間を経て、自分が経験を重ね、子どもの親となり、昔のひ弱な私ではないということ。老いていく先生を見て私なりにそれを日々受け入れようとしてきたこと。

10年という年月はあっという間で、あっけなくて、でもものすごく貴重な時間であった。

10年間、いつもいつも心強かったのは先生のおかげで、想像もしなかった今を送れていることも先生のおかげで、私が出来ることは先生を笑わせることしかないけれど、まだまだ一緒に、大笑いしたかった。

本当、淋しい。

この本は私が先生と過ごした、２０１７年から２０２１年までの日々の記録だ。私が見てきた先生の素顔と、先生から私が教わったこと、先生の情熱と愛溢（あふ）れる生き方が、この本を読んだ人に伝わってくれたらうれしい。

そして心から、先生への感謝を込めて。

２０２１年11月17日　瀬尾まなほ

目次

寂聴さんに教わったこと

走り続ける寂聴先生

１９２２年5月15日生まれの瀬戸内寂聴先生は、今年（２０１７年）で満95歳を迎えた。この日は、京都の年中行事「葵祭」。先生が再興した、御所の真ん前にある町家「羅紗庵」の２階から、平安装束に身を包んだ行列を間近に見ることができる。

ただし、私はそれを一度も見たことがない。毎年誕生日は朝からお祝いのお花やプレゼントが全国から次々と、先生が暮らす京都・嵯峨野の「寂庵」に届き、私たちスタッフはその受け取りのため、留守番をしなくてはならないからだ。

当日は、まるで寂庵が花屋にでもなったようにたくさんの花が並ぶ。今年は95本の黄色のバラや、コチョウラン、アジサイと、さまざまな花に囲まれてうっとりしてしまった。

私と66歳も年の差がある先生は「95年なんてね、本当にあっという間だったよ」と言う。先生は常に走り続けている。立ち止まらず、過去も振り返らず、前だけを見て。

いつも「早く死にたい」と口癖のように言っているけれど、なかなか希望通りにはいかないようだ。先生の体は本当に丈夫で、大病をしても、元気に回復する。私が寂庵に勤めるようになってから2度も大きな病気をして入院したのに、寂庵の観音様がついていてくださるのか、先生はいつの間にかケロッと生き返っている。そばにいる私は、寿命が縮みそうなほど心配でたまらない。

毎年いただく大きなバースデーケーキのろうそくを「ふう！」と一気

に吹き消す先生は今年も元気だ。「いつもこれが最後だと思って人に会ったり、話をしたりしているのよ」と語る。20代でスタッフとなり7年目の私も、来年で早くも30代になる。95年生きるということはどういう気持ちなのか。

たくさんの人に愛される先生は、それ以上に人を愛している。95歳。これからも走り続ける先生を私はもっと支えていきたい。

（２０１７年６月）

95歳のバースデーを迎えた寂聴先生

死ぬまで作家として生きる

「寂庵」にくるまで私は寂聴先生のことを「尼さん」としてしか知らず、小説家という認識は全くなかった。今でも先生はこの話題を持ち出しては、あきれて笑っている。「本ばかり読んでいる文学少女は、掃除も料理も下手で仕事にならないからダメ」と先生。何も文学について知らなかったことが、逆に良かったらしい。

採用されてから急いで、私は400冊以上もある先生の本を読み始めた。一気に全ては読めないが、興味のある本から読みあさっている。

ひと月にそれぞれ1回ずつ開催される写経と法話の会以外は、日々朝から晩まで執筆に励んでいる先生。私は「尼さん」より小説家である先生を身近に感じるようになった。毎日締め切りに追われる先生は、旅先でも車内や機内、ホテルの部屋など、どこでもせっせと執筆に励む。何かが乗り移ったかのように机に向かってペンを走らせる横顔を見ながら、私は先生の凄さを、身をもって感じることになった。

秘書なので、締め切り前には先生に仕事を促す。95歳になった先生は体調が悪い日も多く、毎日のように「しんどい」と繰り返すようになった。しかし、仕事は減らない。私が断っても、こっそり後から引き受けていることも多い。何をしでかすか本当にわからない。

「ペンを持って死にたい」と理想の最期を語る先生は、今日も締め切りに追われる。私と顔を合わせるとガミガミ言われるので、寝たふりをすることも。そんな時はくすぐると「ギャーッ」と飛び起き、66歳も年下の私に全身で抵抗してくる。

書くことが何よりも好きでペン一本で生きてきた先生は、このごろ病気を繰り返している。体力的にも厳しくなって「仕事をやめようか」ともらすようになった。

しかし書かない先生なんて、先生ではない。私は知っている。先生は死ぬまで書き続けることを。先生は書いているときが一番イキイキして、楽しそう。先生は死ぬまで作家として生きていく。そのために私は、できる限りのことをしようと思う。

（2017年7月）

毎日机に向かってペンを走らせる寂聴先生

大きな夢に向かって

「あなたの夢は何ですか？」と問われて即答できる人は果たしてどれほどいるだろう。

小学3年でつづり方を先生に褒められ、五つ上の姉の影響で本をたくさん読んでいた寂聴先生。当時から将来の夢は「小説家」だった。約87年前の夢をかなえ続け、ペン一本で生き通し、今も現役で書き続ける。

「一つのことを貫くことは、いろいろなことを犠牲にすること。一つの才能を極めたいなら、他の可能性は捨てなさい。一輪の大きな花を咲かせるため、余計な芽を摘み取って栄養を一つのつぼみに集めるように」

と先生は教えてくれた。

「楽な生活が出来る方法とかいろんな誘惑があったけれど、いつの時も小説を書きたいという意志だけを通した」と先生は言う。「貧乏な時期もあったし、世間から誤解され、ひどい悪口を言われることもあったけれど、負けなかった。楽に生きようと思ったことはない」と断言する。

お世話になっているイベント企画制作会社エニーの櫻井俊一（さくらいしゅんいち）社長に、同社所属の京都発の4人組ロックバンド「ＭＯＬＥ　ＨｉＬＬ」のライブにご招待いただいた。同世代の彼らのまっすぐな歌詞と元気をくれるパフォーマンスは、私にはただただまぶしかった。

いくつになっても大きな夢に向かって走り続けている彼らを見て、忘れていた大切な何かを突然思い出したような感覚になり、帰宅後もその余韻から覚めることはなかった。年齢を重ねながら、世間の常識にただ流されていく。順調に流れに乗る周りに劣等感を感じ、自分で自分をがんじがらめにしてしまう。夢なんてどこにいったか。

先生が女学生だったころ、家事さえできれば良い妻になれると決めつけられていた。小説家になる夢を語るのは、学校中探しても先生くらい。その夢を貫き通した先生は今もなお、小説を書くことが楽しくて仕方ないらしい。

夢を持つ人はキラキラ輝いていて、意志を貫こうとするその姿勢は人に希望を与える。実は私にも、夢がある。95歳の先生や、同世代の彼らに負けてはいられない！

（2017年8月）

幼いころから将来の夢は「小説家」だった先生

この世に一人しかいない自分

特にこれといった特技や秀でたものが何もない私。「あの子になれたら、もっとうまく生きられるのに」。自己否定を続けた先に待っていた未来はあやふやで、希望もなかった。そんな私の人生を変えたのは、寂聴先生との出会い。先生はそんな私を、軽々と受け入れてくれたのだ。

自らを粗末に扱っていた当時の口癖は「私なんか――」。ある日、先生に「『私なんか』と言うような子は、ここにはいらない。この世に一人しかいない自分に失礼よ。そんなこと二度と言うな」ときつく叱られた。そんな風に怒られたことも、叱られてうれしかったのも生まれて初めて。本当に死ぬほどうれしかったんだ。その気持ちを、先生宛ての手紙に書いた。

私はいつの頃からか、先生に手紙を書くようになっていた。感謝の気持ちや感じたこと、誤解されていること……。口ではうまく伝えられなくても、手紙なら伝わる気がしたからだ。思いがけず先生は「いきいきして素直なのがいい」などと文章を幾度も褒めてくれた。

中学時代に友人から仲間外れにされ、クラス中から無視されたことがあった。行き場のない苦しく痛い感情を、私はノートにぶつけた。書き出すと、心が落ち着いた。また自分の心を代弁してくれているような誰かの文章に、何度も救われた。言葉の持つ力を信じ、気に入ったフレーズを書きためるようになった。

「書くこと」は私にとって、一番素直に気持ちを伝えられる方法なのかもしれない。先生のおかげで少しずつ自信が持てるようになり、うれしいことに先生について書く機会にも恵まれた。自分の思いを自分の言葉で表現できる場所が持てて、読んでくれる方の反応を感じることが出来る。ノートにぶつけていただけの昔とは違い、今は多くの方に読んでもらえることが何よりも幸せだ。

私の夢は、自分の本を出すこと。先生が褒めてくれた私の文章を一冊の本にして、みんなに読んでもらうこと。そんな夢が実現するなんて、中学時代の私に想像できただろうか？

（2017年9月）

三島由紀夫からの返事

寂聴先生が夫と娘と暮らす家を飛び出して小説家を目指していた27歳の頃、少女小説を書いては少女雑誌に送りつけていた。ある日、街の本屋で出会った三島由紀夫（みしまゆきお）の小説に感動し、初めてファンレターというものを三島宛てに送った。ついでに、自分も作家になりたいと書き添えた。すると、「自分はファンレターの返事は一切出さない主義だけれど、あなたの手紙があまりにも愉快だから思わず書いてしまった」と三島から返事が届いた。それから文通が始まり、少女小説のペンネームとして先生の挙げた三つの名前から三島は「この名が必ず文運金運を招きます」と「三谷晴美」を選んでくれた。すると先生の少女小説が雑誌にたてつづけに採用されるなど、次々と良いことが起きたという。

先生は私の文章を褒めてくれ、書く楽しさを教えてくれた初めての人だ。先生のおかげで、なんと私は11月、生まれて初めての本を出版する。先生のことについて書いた本で、私のイラストも使われる。まさか自分が生きているうちに本が出せるなんて、夢の一つがかなってしまった！

執筆の依頼がくると、先生は毎回、「原稿料は入ったの？」と聞いてくる。「三島由紀夫がね、『名づけ親に対して気持ちばかりのお礼をするものです』と言われたから、私は当時三島さんが好きだったタバコのピース缶を送ったのよ。そしたら『このことは世間に秘密にするように』って言われたの」と笑いながら私に言った。「先生、それは、私に何かよこせということでしょうか？　私からせびるつもりでしょうか？」との問いには、「ふふふ」と笑うだけ。

先生は豆が好きだから豆を贈るべきか、もしくはシャンパンか。しかしそれは違うらしい。悩んだ揚げ句、私はこう言った。「誠心誠意、心からお仕えいたします」。まるで武士のようにそう言うと、先生は「よろしい」とお殿さまのように返事したものだから、思わず2人して噴き出してしまった。

（2017年10月）

先生が褒めてくれたなら

「ははは」と声が響いた。寂聴先生が、初めて私が書いた本を読んでケラケラと笑っている。ありのままの先生を書いた『おちゃめに100歳！ 寂聴さん』が、ついに出た。暴露本でもあるかもしれない。

今年に入ってすぐ、本を書く話をいただいた。新聞連載も始めて、私の人生に大きな変化があった。今までは特に考えもなく書いていたのに、今はこだわりや、譲れないものができた。編集者に直されても「ここは、こうしたい」なんて偉そうに、自分のやり方を押し通したりする。

「どれだけの人が読んでくれるのか？」。期待と不安がある。ただ誰に認めてほしいかって、褒めてほしいかって「先生に」なんだ。たった一人の先生が褒めてくれたら、他の誰かにどんなことを言われたっていいくらい。そんな気持ち。先生が良いと言ってくれるまで、何度でも書き直す。

笑ってほしい、喜んでほしい、傷つけたくない、悲しませたくないって思える「誰か」がいることって、生きる上でとても大きな指針になっているると思う。

ところが、先生には困ったところがある。昨日「いいね」と言ってくれたのに、翌日には「つまらない」と言うところだ。「一晩寝ると、こんなに考えが変わるのか」と、何を信じればいいのかわからなくなる。それを追及すると、笑ってごまかす。先生の悪い癖だ。

私の本が出ることを先生は自分のことのように喜んでくれる。「初めて自分の本が出来た時に手にした本の重みとかね、今も忘れられないよ。本屋さんに行って自分で何冊も買ったり、本棚ではわざと目立つところに置いてみたりしたものよ」。４００冊以上も出している先生でも、初心を忘れていないんだなぁ。

最新の先生から私への手紙も収録した。そこには「この本がバカスカ売れますように‼」と書いてある。私が先生を思う気持ちが、誰かに伝わりますように。先生の魅力が一人でも多くの読者の心を捉えますように。そして何より、バカスカ売れますように！

（２０１７年11月）

夢だった初めての本が出版された

寂聴さんの秘書の仕事とは

私の初めての本『おちゃめに100歳！寂聴さん』が発売されて、大きな反響に驚く日々。たくさんのテレビやラジオ、雑誌の取材の依頼を頂いて、重版も決まった。

依頼の多くはテレビで、「瀬戸内寂聴先生の秘書とはどのようなことをしているのか」を撮影したいという。私は秘書という立場ながら、先生の身の回りの世話も大事な仕事のひとつ。主な仕事はお客さまとの打ち合わせやスケジュール管理、先生の原稿の打ち直し、出張の際の宿泊先や交通手段の確保である。それに先生の食事を作ったり、掃除もする。

原稿を書いている今はテレビ番組の密着を受けている最中で、本に書いたように先生の食欲旺盛なところ、美食家なところに興味津々の様子。

先日も、私が作った朝ごはんを食べてもらうシーンの撮影があった。普段は文句も言わないでしっかり食べるのに、カメラが回っていると「なんでこんなにスープがドロドロしているの？」「パン厚すぎない？もっといつもは薄く切るのに」などと文句をつけ始める。挙げ句の果てに「普段こんなことしないくせに、いい風に撮ってもらおうとはりきっている」などと、わざと言う。

私が「先生、テレビは全国放送ですよ。そんな風にけなしたら私、ますますお嫁に行けません！」と言うと、早くお嫁に出したい先生は「しまった！」という顔になり「まなほは手際は悪いけれど、味はとてもおいしいです！」とカメラ目線で言い出すものだから、カメラマンも笑っていた。

本を読んでくださった方から、感想を頂く。「思わず声を出して笑ってしまった」「泣きながら読んだ」など、たくさんの感情を抱いてくれたとの報告に、感激して震えてしまう。

最近では先生の最新刊『いのち』も発売され、売れに売れている。先生は「どっちが売れるか競争だ！」と言うけれど、さすがに先生に勝てる気はしないなぁ。

（２０１７年12月）

空から降ってきたものは

私はここ何年も、寂聴先生と一緒に年越しを過ごしている。数年前は徳島の山奥にある祖谷(いや)の温泉に行き、去年は「寂庵」のダイニングに小さい2人用のこたつを置き、テレビを見て寝正月を過ごした。

そして今年は、先生が何度も行ったことのある山形・上山(かみのやま)の温泉旅館「古窯(こよう)」に行きたいと言い出した。先生はいつもギリギリにならないと決めてくれなくて、決まったと思えば気分がコロコロ変わる。旅行に行く時などは気分で「行く、行かない」を直前に変えられてしまうと、押さえている宿や交通機関のチケットを手配している私としては本当に困ってしまう。

先生はいつも一言ですべてが簡単にいくと思っている。そんなはずはない。先生の気ままで言うことが変わることには毎回驚かされるが、そのおかげで臨機応変に対応する術を身につけた。

行く前から気分のむらはあったものの、無事に山形の温泉へ着いた。宿の女将、佐藤洋詩恵さんは美しい女性で、先生とも格別親交があり、今回の宿泊中も本当によくしてくれた。用意してくれた部屋はとても広く、雪が積もった蔵王連峰が真正面に見えた。

しかし、その日の晩から喉が痛くなり先生は風邪をひいてしまった。先生はしんどそうでほとんど寝ていたが、時々起きてきては紅白を見て、年越しそばも一緒に食べることが出来た。和室の部屋だったが立ち上がるのが不便なため先生にはベッドを用意してもらい、その横に私の布団を敷いてもらった。

無事に年が明け、私は先に寝息をたてている先生の横で眠りについた。

「ドン！」。何かの衝撃で私は目を覚ました。驚いて起き上がると、私の上に先生が乗っていて、先生も何がなんだか分からない様子で目をパチクリしていた。寝返りが多く寝相が悪い先生にはそのベッドが狭すぎたのか、勢い余って私の布団の上に落ちてきたのだ。

思わず2人とも吹き出し、「新年早々何が空から降ってきたかと思えば、95歳のおばあさんだった」と爆笑した。今年も良い年になりそうな予感しかない。

（2018年1月）

旅館名物、楽焼をしました

大切な人はいつも私の側に

65歳以上も年の離れた私が寂聴先生の下で、スタッフや秘書として働くようになって、今年で8年目になる。当初はこんな有名な人の秘書が私に務まるのか、その不安しかなかった。「寂聴さんの若い秘書は頼りない」と言われたくない一心で「しっかりしないと」と呪文のように自分に言い聞かせてきた。

先生のそばについているとたくさんの人に出会い、いろいろな場所に同席させてもらう。そのおかげで私はどこの場所に出ても平気になった。ただいつもずっと、先生の顔に泥を塗るまいと常に緊張の糸が張りつぱなしだった。

最近はメディアへの露出が増え、自分の知らないところで自分の情報が勝手に独り歩きした。私は何も変わらない生活を送っているのに、世の中の動きに私は戸惑った。私に関連したネットニュースで閲覧アクセスランキング1位になった際は、急に恐ろしくなって布団の中に潜り込み隠れた。

表に出るということはいいことばかりでなく、悲しい思いをすることもある。私はもともと落ち込みやすく、小心者だ。そう見せないために堂々と振る舞うようにしている。それが「偉そう」だとか「生意気」だと言われることもある。

私が心無い人の一言一句にいちいち傷ついているのを見た先生はこう言った。「その人の言うことを気にする必要はない。その人があなたの生活の面倒をみてくれるの？　税金はらってくれるの？　そうじゃないでしょう?」

良いことを言ってくれる人が多い中、なぜ少数の悪口を私は大きく受け止めるのだろう。「私のことをよく知らない人に、私が傷つけられる必要はない。私を傷つけられるのは、私のことをよく知っている人だけだ」と思えた。

メディアに出ることで世の中のいろいろなところを見ることが出来た。それもすべて「学び」だと前向きにとらえている。先生をはじめ、家族、寂庵のスタッフ、友人、編集者の皆さんは味方でいてくれる。本当に大切な人はいつも私の側にいてくれる。

(2018年2月)

先生は私の最大の理解者

寂庵で迎える春の訪れ

今年の冬はすこぶる寒かった。思い返せば去年も寒く、2月には空から大きなシャベルをひっくり返したような大雪が降った。毎月寂庵で、第3日曜日に開く法話の日の前日だった。

嵯峨野もどっさりと雪が積もり、スタッドレスタイヤをつけてもスリップするため緩い上り坂の途中にある寂庵へは行けないと、タクシー会社に何度も断られた。寂聴先生は「こんな大雪では、誰も法話に来られないわね。でも数名は来るだろうから、膝を突き合わせてお茶でも飲みながら話そうか」と言っていた。

法話は寂庵の庭が雪で埋まった中で開催したが、参加した人は100人を超えていた。タクシーもつかまらない中、どうやって来てくれたのだろう。いつもより50人ほど少ない人数で、お堂の中はゆったりしていた。

そういえば、先生はいつも2～3月の寒い時期によく病気をする。去年もその法話のころに脚の調子が悪くなり、緊急入院して手術をした。今年は手術をしていない反対の脚の調子が悪く、浮腫(むく)みが一向になくならない。右脚に比べ、左脚は足首も分からないくらいパンパンに浮腫んでいる。「機械と一緒で、人間の身体も95年間使い続けると、どこかしらガタがくるのよ」と先生は言った。

「もうしんどいわ。早く死にたい」と毎日、口癖のように言う先生。95歳まで生きれば、今夜どうなっても不思議ではない。しかし先生はよく食べ、よく呑(の)み、よく眠る。そして、よく仕事をする。毎日「死にたい」と言いながらもりもりごはんを食べる先生を見ると、この人は永遠に死なないのではないかと思う。

寂庵の庭には今、まんさくが咲き、梅が咲いている。脚の調子は悪いにしろ、大きな病気で入院もせず冬を越せて心底ほっとしている。来年も一緒に、先生と春の訪れを感じたい。

（2018年3月）

寂聴先生が暮らす寂庵の庭

肩書が作家から俳人に？

寂聴先生は「作家・僧侶」という肩書だ。ただ、どうも最近は「俳人・僧侶」になっている気がしてならない。

昨年2月、脚と心臓のカテーテル手術で入院していた。痛みが一向に引かず、検査に明け暮れる日々。痛さと何も出来ない退屈さで先生は限界を感じていた。病院食にも飽きて、私が差し入れるシュークリームとコーヒーを楽しみにしてくれていた。

日に日に生気を失う先生を私はどうすることも出来なかった。ただ静かに同じ病室で過ごすだけ。「私が死んだときにね、今まで作った俳句を集めて本にするから、それをみんなにあげる」と先生は言っていた。それがなぜか去年（２０１７年）の5月に自費出版という形で発売された。

句集『ひとり』は初版１０００部だったが一気に評判になり、そこから何度も重版を繰り返した。そして思いがけぬことも起きた。俳句の賞「星野立子賞」を頂いたのだ。「私は小説だったら誰にも負けまいという気持ちでいます。ただ、どうも俳句には自信がない」。そう先生は表彰式のスピーチでも言っていた。だから自費出版という形を選んだのだ。闘病中、気持ちが沈んで鬱になりかけた。そのとき先生は「自分で自分を楽しませたり、ワクワクさせたりしないといけないと思った。そのとき『句集を出そう』と思ったの」と言った。句集を出し、賞までもらい、先生はもうずっと頭の中、俳句ばかり。執筆をしているか、私が部屋へのぞきにいくと急いで何かを隠す。

「あ、また俳句の本読んでいたでしょう!」と私が言うといたずらっ子のように「へへへ」と笑う先生。小説を書くことより今は俳句に夢中。最晩年にこんなに夢中になれるものが見つかって良かったと思う気持ちを隠して、私は今日も言う。「先生、いつの間に俳人になったの? 小説家はどうなったの? はい、早く原稿書きましょう!」と。
先生はまた私の言うことなど気にも留めず、今日も俳句作りに励んでいる。

(2018年4月)

初の句集で星野立子賞を受賞

日本最高齢のインスタグラマー

5月15日の誕生日で、寂聴先生は96歳になった。私が寂庵で働き始めたときは88歳。先生は「そんなに先が長くないからね」「もう来年まで生きているかわからないから」と、ずっと言っている。今年に入り、朝日賞と星野立子賞という二つの賞を受賞し、「去年死んでたらもらえなかったのだから、何が起こるかわからない」と驚いている。

「早く死にたいわ」と口癖のように言う先生に「長生きも悪くない」と思ってほしくて、何か刺激的な、先生がワクワクするようなことを一緒に出来ないかと、私は日々頭を悩ませている。先生は96歳には見えないほど頭の回転が速く、好奇心旺盛だ。そんな先生だからこそ平凡な日々が続くとつまらなくて、この世に飽きてしまうのだ。

去年の流行語大賞になった「インスタ映え」という言葉がある。インスタグラムというスマートフォンのアプリを使えば、写真を加工して投稿し、世界中の人々と共有できる。去年のデータでは、世界中で8億人以上が利用しているという。

新しいもの好きな先生は、スマートフォンが出ると即座に使い始め、今はタッチパネルでメールを打っている。私は、もっと若い人たちに先生のことを知ってほしくて、インスタグラムを始めることを先生に提案した。

「人の写真なんか見て楽しいの？」と先生は半信半疑だったが、始めるとすぐにフォロワーと呼ばれる読者がみるみる増え、1ヵ月もたたないうちに3万6000人になった。日々みるみる増えていく数字に先生はワクワクして「今日、何撮る？　リハビリは？　寂庵の庭は？」と自ら提案してくれる。

私は、インスタグラムを、先生の日々を紹介するだけではなく、先生が本当に伝えたいことを伝える、大きなツールに出来ると信じている。先生は日本最高齢のインスタグラマーとして、どんどん世の中に自分の思いを発信している。さて先生、今日は何を撮りましょう？

（2018年5月）

インスタグラムに興味津々

人生を変えた出会い

「人との出会いは、人生を変えます。そこから枝が分かれるように、より多くの人に出会うことが出来ます。たくさんの人に出会ってたくさんのものを見て、いろいろなところへ行って、様々な経験をしてください。人生って何が起こるか分からない。私が瀬戸内寂聴と出会い、人生が大きく変わったように。これからの未来にワクワクして生きてください」

私は母校、京都外国語大学での講義の最後を、こう締めくくった。

本を出版したことにより、今年に入ってからテレビ出演や雑誌、新聞の取材などが増え、メディアに露出することも多くなった。さらに講演の依頼もいただくように。さすがに私一人で講演は出来ないとお断りしていた。寂聴先生が一緒ならまだしも。

母校からの依頼は、一度お断りしたが、担当の方に「清水(きよみず)の舞台から飛び降りるような気持ちでチャレンジしてください」と言われ、飛び降りる覚悟を決めた。しかし講義を翌週に控えて私はとてつもない不安に襲われ「トーク形式にしてもらおうかな。やっぱり先生来て！」と泣きついた。普段の私を見ている先生は「大丈夫よ、あなたなら」と背中を押してくれた。

講義は3、4限と2回もこなさなくてはいけない。初めは声が震えた。喉が渇いて仕方なかった。しかし講義を終えたとき、もう自信がない自分ではなかった。「私、出来た！」。そんな喜びと、真剣に聞いてくれている学生の姿を見られて大満足だった。「寝ている生徒がほとんどいなかった」。その言葉が何よりもうれしかった。

誰しも最初は「出来ない」って自分で決めてしまいがちだ。けれど今は、自分が持っている可能性に懸け続けたい、そんな気持ち。講義後、先生にすぐさま電話したら「だから大丈夫だって言ったじゃない！」と言ってくれた。私より、私のことを信じてくれる人がいる。もっと自分を信じて、何でも挑戦していきたいと誓った。

（2018年6月）

初めてのイタリアで一人旅

「30歳のうちにイタリアに行き、本場のティラミスやジェラート、そしてピッツアを食べる」ことが私の夢だった。そのために、1週間は休みを取りたい。長い休みは、寂聴先生の許可がいる。私は年明けから半年近く50回以上頼み込み、6月に旅立った。先生は「イタリア男性からたくさん声を掛けられると思うから、変な人には気をつけなさいよ」と言い、見送ってくれた。

私がどうしても6月にこだわったのは、大学時代の友人とイタリアで落ち合えることになったから。ローマで友人と合流し、コロッセオ、スペイン広場、トレビの泉、バチカンなど名所を回った。昼間からお酒をのんで近況報告をしたり、ジェラートを食べながら歩いたりした。

ところがその晩、友人が私用で急に日本へ戻らなければならなくなった。その友人頼みで下調べを何もしていなかった私は、まさかの展開に動揺した。いろいろ考えてローマからフィレンツェへ移動することにし、友人を見送って私は独りぼっちになった。急遽、一人旅のスタートだ。

フィレンツェに着き、情報を求めてインターネットで検索し、この町在住の日本人女性のブログを見つけた。その方に連絡をとると、なんと会ってくれることに。フィレンツェ在住6年目の彼女は、私のことをネットニュースで知っていてくれて。久しぶりに人と話し、ホッとした。

ローマにいた時も、フィレンツェに来てからもイタリア人男性から声を掛けられなかったと言うと、「それっていつの話?」と女性に笑われた。今は観光客があふれていて現地の人は嫌気がさしているそうだ。
帰国して先生にそのことを伝え、声を掛けられなかったことを正当化したかったのに「よっぽどダメってことね」と鼻で笑われた。想定外のことが起き、新しい出会いもあり、今までの旅行の中でも思い出深いものになった。そういえば、一度だけ「美しい」と声を掛けてもらったこと、先生に言わないと！　自称カメラマンという怪しいおじいさんにだけど……。

（2018年7月）

先生と若者の懸け橋に

心の中でずっと考えていることがある。それは寂聴先生の魅力をどう人に伝えられるかということだ。

寂庵に来るまで、私は先生の名前を聞いたことがある程度で、尼さんだということしか知らなかった。そんな私が今や先生の秘書を務めていて、本まで出していることが不思議だ。

先生と共にした8年は家族や友人、恋人の誰よりも一緒に過ごす時間が長かったと思う。先生の強さ、優しさ、愛、そして思いきり生きている姿。「先生のことをもっと若い人に伝えたい」「私が先生と若い人との懸け橋になりたい」と思うようになった。

そんなとき、SNS（ソーシャル・ネットワーキング・サービス）上で影響力のある若いインフルエンサーたちと先生が、人生の様々な問題について討論するイベントを開くことになった。

当日寂庵には10～20代の男女8人のインフルエンサーらが集まり、出された質問に答えながら、意見を出し合った。皆それぞれしっかり自分の意見を持って話す姿を見て先生は「若い命を頂いて100歳まで生きられそう。未来は若い人の手にある。これから日本はどうなるのかと不安だったがこの若い人たちと会えて希望を持てました」と話した。

先生が「戦争はダメよ、絶対」と言うと、インフルエンサーたちは「本当にそう思う。戦争はいけないとSNSで発信します」と言ってくれた。素直で真っすぐな彼らを見て、私は「若い人にこそどんどん先生の思いを伝えていきたい」と改めて感じた。

先生は日々、私のエネルギーを吸い取ってますます元気になっていくが、反対に私は最近ほうれい線に悩まされている。私より断然若いインフルエンサーたちと比較して、先生に「まなほが、もう30歳なんて恐ろしい」と言われた。「誰のせいだ」とぶつぶつ文句を言いながら、私は今日もこっそり先生の大切にしている高級クリームをほうれい線に塗っている。

（2018年8月）

スランプを知らない先生

「寂聴先生、原稿の締め切り明日ですよ！　早く書いてください！」「まだ一行も書けてないじゃないですか。どうするんですか！」。私は先生の秘書として、いつも原稿の締め切りの催促をしていた。

書斎にこもって出てこないので「ちゃんと書いてくれているな」と安心して、コーヒーとクッキーを差し入れに行くと、タイトルもない原稿用紙に「瀬戸内寂聴」と、自分の名前しか書かれていない。そんなときは気が遠くなり、先生に「今まで何してたんですか!?」とキーキー怒っていた。

いま私は、そんなことが言えなくなっている。本を出してから書く機会が増え、それは心底ありがたく思っているのだが、大きな問題が出てきた。書くことを仕事とする以上、もちろん締め切りに間に合わせなければならないし、何より「相手の期待に応えたい」という気持ちが芽生えた。

がっかりさせたくないという強い思いから、書き出すまでに時間を要する。まだ経験の浅い、素人の私が、締め切り直前に滑り込みで原稿を提出するなど本来はあってはならないのに、なかなか書き出せない。

小説家は物語を生み出す職業。それが突如、書けなくなる、「スランプ」に陥る人もいると聞く。それが先生は、一度もスランプになったことがないと言う。400冊以上の本を出版していても、泉のようにどんどんストーリーが湧いてくると言うのだから、本当にすごい。

私が「いつも締め切りギリギリになってから、ようやくエンジンをかけ、書き始める」と先生に言うと「素人が何を言うか」と怒られた。今まで「先生と同じだよ」と言い返すと、お尻をペンっとたたかれた。今までは偉そうに原稿を催促していた私が、今は「えー、先生、締め切りがぁ、近づいてぇ、おります……」といった言い方になっている。

原稿用紙1枚いくらの世界で、書いて生きていける気が私は全くしない。ペン一本で築き上げる先生の努力や才能を、私は心から尊敬する。

（2018年9月）

「寂庵だより」31年の歴史

寂聴先生と私の年の差は、66歳ある。「寂庵だより」は私が生まれる1年前、先生が65歳の時に創刊された。先生の随想や寂庵のことだけでなく、政治や世界情勢までさまざまな内容に触れながら毎月発行され、年会費が2500円だった。

私が寂庵に来た当初、購読者の管理や発送などをし、読者は6000人を超えていた。5年前に寂庵だよりの担当者が辞め、それからは私たちが編集も担当した。

ただ、多忙な先生は原稿を書けず、何ヵ月も発行出来ないことが増え、毎月出すことが難しくなり、2年前に年に4回の合併号として発行することに。それでもなかなか予定通り出せない。

日々、読者の方から「どうなっていますか?」「もしかして購読料を支払っていませんか?」と問い合わせがあった。毎日のように原稿の催促をしていた私も、高齢の方も多く、やめていく読者も増え、読者の数が今や約3500人に減り、約1年間も発行していないことを踏まえて、今年7月「そろそろ決断したほうが」と先生に伝えた。

先生は最初「絶対やめない」と怒っていたけれど、自分の体調や仕事量のことを考えて泣く泣く31年続いた歴史に終止符をうつことになった。先生はチクっと「まなほがなんでもやめろと言う」と嘆いた。私はその言葉が頭から離れない。

先生は心が若いから、いつまでも昔のように出来ると思っているところがある。しかし私から見ても、7年前に私が寂庵に来たときに比べ、先生の書くスピードや体力は、だいぶ落ちている。先生自身が一番、分かっているのではと思うけれど認めたくないのかもしれない。

本当は好きにしてほしい。ただ、お金を頂いていたり、迷惑をかけたりするようなことになるとそうもいかないと思う。

「私はどうすればよかったのだろうか？」。何が正解で、何が間違っているか、分からなくなる。いつも手探りの中、悩みながら先生の秘書をしている。

やめることを読者の方に伝えると、たくさんのお手紙を頂いた。寂庵だよりは、本当にたくさんの人に愛されていたのだと強く実感した。

（2018年10月）

たくさんの人に愛された「寂庵だより」

おしゃれは66歳差を超えて

「それすてきね！」と寂聴先生は私の着ている服をよく褒めてくれる。「そんなの私も欲しいわ」と言われ、私は同じ服を代わりに買ってあげたりプレゼントしたりした。すると自然と、おそろいの服が増える。年の差が66歳あるにもかかわらず、先生はその服を上手に着こなして、まるで自分が選んだよう。

先生は、洋服のカタログなどに載っているスタイル抜群の外国人モデルと同じように、自分もその服を着こなせると思っている。そして実際に届いたら「ズボンの丈が長すぎるわ！」と怒る。

「先生、体形が全く違いますよ！　先生の脚の長さはきっとモデルさんの膝小僧くらいです」なんて言って怒られるかと思ったら、先生は爆笑した。それからカタログで洋服を見るたび「このズボン、七分丈が私にはちょうどいい長さね」なんて自虐している。

法衣を着ているイメージが強い先生だが、普段はカジュアルで、セーターにズボンというスタイルが多い。今日は、私がプレゼントした黄色のセーターを着ている。明るい色が似あう先生は赤、黄色の服を好む。

私は、先生に洋服を贈るのが大好きだ。先生が着ている姿をイメージして、どれにしようか悩む時間も楽しい。先生は、全て私の想像以上に上手に着こなしてしまう。

先日も私が着ていた服を褒めてくれたので、色違いの白い服を渡した。それを着て写真を撮ると、先生のうれしそうな顔！　ところが「こんないいもの、汚れたらもったいない」と、すぐたんすにしまってしまった。「残り少ない人生で、今着ないでどうする」と思わず口に出しそうになる。……いや、口に出してしまっている。

出家する前は、着物や洋服でおしゃれするのが好きだった先生。出家する時、その全てを人にあげてしまったそうだ。そのとき私がいれば、先生からたくさんの洋服を譲り受けられただろうか。残念な気持ちもある中で、私はそれ以上の、お金に代えられない愛情をもらっている。

（2018年11月）

色違いのおそろいをプレゼント

自分の可能性は自分で決めない

私の初めてのエッセーが出版されて1年がたつ。振り返るとあっという間。テレビなどの取材を受けたり、講演したりする機会もいただいた。いろいろなことを経験し、自分で無理だと決めつけていたことが、やってみたら出来たりして、自分の中にある未知なる可能性を実感した。

それも全て「あなたなら大丈夫」と誰より私を認め、信じてくれる寂聴先生のおかげだ。

先生と詩人の伊藤比呂美(いとうひろみ)さんの対談集『先生、ちょっと人生相談いいですか?』には、解説を書かせていただいた。「2人の大作家の本に私の解説だなんて、畏れ多い」と思いながらも、２人が了承してくださっているると聞いて「何でも挑戦する」と決めた。

よく聞かれるが、私が文章を書くときは、先生に事前に見てもらったり、直してもらったりしない。私の原稿が活字になってから、先生は初めて目にする。なので、先生にアドバイスなどをもらうことはほとんどない。

２人の対談集が出来上がり、見本が送られてきて初めて、先生は私の解説を読んだ。内心ドキドキし怖かったが、先生は「無駄がなくて、やっぱり新聞で連載したりして書く機会が増えたから、文章がうまくなってる！」と褒めてくれた。

先生と私の対談集『命の限り、笑って生きたい』も発売され、２人そろって寂庵のお堂で記者会見をした。その際に「まなほはもうエッセーは書けますから、次は小説が書けると思う」と先生は言った。

小説かぁ……。なんでも挑戦するのがモットーだと言いながら、書ける気がしない。なぜなら間近に今でも現役の96歳の小説家がいて、命を削るように書き続けている姿を見ると、生半可な気持ちで小説を書いてはいけない気がしてしまうから。

でも「自分の可能性は自分で決めない」と決めたじゃないか。2019年こそは、小説を書いてみようか!?

（2018年12月）

一緒にたくさん笑いたい

年末年始はどこにも出掛けず、寂聴先生と、自宅兼お寺の寂庵で過ごすことにした。ほかのスタッフには休んでもらって私一人が出勤し、しばらく先生とゆっくり寝正月でもしようと話していた。

最近、私個人の仕事が増え、寂庵を不在にすることがある。休みの日に講演を入れているのだが、先生には「自分の仕事ばかりで、いつもいない」と思い込まれてしまい、「クビにする」なんて冗談で脅(おど)されたりしていた。

しかし、今年の正月は急な来客もあり、私一人でバタバタしてしまった。忙しくしている姿を見て先生は「よく働く」と見直してくれ、褒めてくれた。「これで一年の出だしはいい感じだ！　これがずっと続けばいい」と思っていたのもつかの間、ワクチンを接種したにもかかわらず、インフルエンザにかかってしまった。

身体の節々が痛く、どうも熱っぽい。寂庵の始まりの行事「修正会（しゅしょうえ）」の日だったのに、午後から帰らせてもらって病院へ行った。そこから1週間、仕事を休むことになり、先生やほかのスタッフにも大迷惑を掛けることになってしまった。一年の疲れが、どっと出たのかもしれない。

以前から入っていた対談の仕事が、私が不在の中で行われた日、先生と電話で話した。私が「先生、来客も多く、また対談も長く疲れたでしょう。ご迷惑をお掛けしています」と言うと、私の祖母が毎年、先生に贈っている手作りの干支（えと）のぬいぐるみがお客様から好評だったことを教えてくれた。今年は二つの亥（イノシシ）で、一つは大きい母親の亥、もう一つは瓜坊(うりぼう)だ。

それを先生は「あのブタね、かわいいってみんな言ってたよ。おばあちゃんにお礼を伝えてね」と言うので、「先生、あれはブタではありません。亥です。ブタはそもそも干支に入っていません！」と私が言うと「あ、そうだった。ブタと言ったことは内緒！」と大笑い。その先生の無邪気さに、今年もたくさん一緒に笑いたいなと思った。

（2019年1月）

一度しかない人生を悔いなく

寂聴先生と私が共作したお菓子「しあわせクッキー」が発売された。先生と若者が愛や人生について考える昨年夏のトークイベントに協賛してくれた、浜松市の製菓会社「春華堂」との出会いがきっかけ。入社2年目でまだ20代前半の企画部員ゆきさんが、先生の法話を聞いて大いに感銘を受け「寂聴さんの言葉でみんなが元気になるお菓子をつくりたい」とひらめいた。

企画を聞き、新しいことが好きな先生と私は興味を持った。特に私はお菓子が大好きなので、話を聞いた時点でおなかが「グー」と鳴った。

何度も打ち合わせをし、味見をし、ゆきさんと一緒に試行錯誤を重ねた。「大きすぎるよ。もっと小さくした方がいい」「なんだかやぼったい」などと好き勝手言う先生。個包装には先生が新たに人生、友人、仕事、恋愛に関する言葉を書き下ろし、私がイラストを書いたものを印刷する。先生の言葉を、もっとたくさんの人に伝えたいというゆきさんの強い思いからだ。

出来上がったクッキーの箱は本の形をしていて、中に入っている12個の個包装それぞれに違う言葉が書かれている。立派で美しい出来に、先生と私は感動した。最初は「クッキーより煎餅(せんべい)の方がいい」と言っていた先生も「本当においしい」と言ってくれた。

私が好きな先生の言葉は「自分の人生は一度しかない、その一度を悔いなく愛していきましょう」。振り返ると、自分を好きになれなかった10代は、未来に希望なんてなかった。そんな私が寂庵にきて、先生のそばに置いてもらって、その幸せな環境で、今は自分の人生を愛せている。たった一度の人生が、先生に出会えたことできらめいた。

ゆきさんも、先生とクッキーを開発し始めてから明るくいきいきしている。そしてなんと、恋愛を成就させてしまった。早くもしあわせクッキーの効果か!? 先生のパワー恐るべし。たくさんの「しあわせ（クッキー）」が皆さまに届きますように。

（2019年2月）

若い女の子たちの未来を守る

貧困、虐待、いじめ、ドメスティック・バイオレンス（DV）、性的搾取、薬物依存など問題を抱えた若い女性に寄り添う「若草プロジェクト」を立ち上げ、理事を務めさせていただいて3年がたつ。

いま食べるものがない、今夜安心して眠る場所がない、性被害に遭っている——といった問題の渦中にいる女の子たち。無知で自分の周りのことしか考えてこなかった私は立ち上げ当初、その現実を知ってとてもショックを受けた。

平和だと思っていた日本にこんな現状があるなんて、知れば知るほど納得出来ない。なぜ女の子たちがこんなに苦しまなくてはいけないのか。彼女たちの何が悪いのか。

プロジェクトの呼びかけ人は、瀬戸内寂聴先生と厚生労働省の元事務次官村木(むらき)厚子(あつこ)さん。村木さんは「『悪い子』『自己責任』と言われるが、そうではない。社会や環境、大人にも責任があり、大人が何とかしなければならない。社会みんなでこの問題について知ることが大切」とおっしゃった。

実際に困っている10代の女の子に会うと、その子は私と普通に笑顔で会話し、困っている様子を感じさせない。私はその表情の奥の奥に苦しみがあって、でも「かわいそうな子」と思われたくないから平気そうに振る舞っている彼女の背景を知り、胸がぎゅっと苦しくなった。目の前にいる彼女のような女の子が、この日本にたくさんいる。もしかしたら私も彼女だったかもしれない。私の妹が、彼女だったかもしれない。そう思うと、人ごとじゃない。

研修会やＬＩＮＥを使った相談のほか、２０１８年には女の子たちが安心して休める場所として「若草ハウス」を建てた。多くの企業が支援してくれるが、助けが必要な女の子がまだたくさんいる。

この現状をたくさんの人に知ってもらいたい。寂聴先生がいつも言う、「未来は若い人たちのもの」。その若い女の子たちの未来を守るのは、私たち大人しかいない。

＊一般社団法人若草プロジェクトは２０１６年３月18日設立

（２０１９年３月）

96歳のライブビューイング

「映画館って私にとっては懐かしい響き。子供の頃、大人の横をすり抜けて映画館の中に入り、チャンバラなどをこっそり観ていた」と寂聴先生は言った。

アイドルグループのコンサートや宝塚(たからづか)歌劇団の公演を映画館などで観るイベントを「ライブビューイング」という。会場に行かなくても大きなスクリーンで楽しめ、まるでその場にいるような臨場感だと人気だ。なんと先生は4月に96歳で単独のライブビューイングに挑戦。京都市で開いた講演が全国に生中継された。

イベントが決まってしばらく先生はのんきにしていたが、前日になると少しそわそわし始め「何話したらいいか分からない。いつもとは勝手が違うから」などと悩み始めた。先生はいつも人前で話すとき何を話すかは決めずに、目の前にいる観客の顔を見て話すことを変える。ただ今回は目の前にいる人々だけでなく、２０００人以上の観客が映画館で先生を観るのだ。

「ほら、先生が言う愛の話とか、長生きの秘訣とか」と話すと「あんたが話してくれん？」と言い出した。いつもの先生らしくなく、私は思わず笑ってしまった。

講演が始まると先生は、一番伝えたい「生きることは愛すること」について話した。体調を崩した数年前以来、講演は久しぶりだったが、客層の幅広さに私は驚いた。若い人たちが多かったのだ！

こちらからは映画館の様子が分からなかったが、実際映画館で観た人に話を聞くと「みんな笑ったり泣いたり、メモ取っている人もいましたよ！　満席でした！」と教えてくれた。大きなスクリーンを通した先生の話は、京都市の寂庵で開く月1回の法話に参加できない人に、どんなに喜ばれたことだろう！

大画面に映るので、先生は顔にパックをしてしっかりとメークをし、私がめばりとチークまでいれた。その効果もあったのか「若く美しかった」と言われた先生は「やっぱりちゃんとしないと！」と、今朝もせっせとパックをしていた。

（2019年4月）

ずっと一緒にいたい

「寂聴先生、おいくつになりましたか？」

「九十……七歳！」

大きなバースデーケーキのろうそくを吹き消した先生はそう言った。

新緑が気持ちの良い5月15日、京都では葵祭の日が先生の誕生日だ。

私が寂庵で働き始めたのは先生が88歳のとき。それからあっという間に先生は97歳になった。

年を重ねる度、先生は「なんで私が死なないで、私より若い人が死んでしまうのか」と嘆く。「寂聴さんはぼくが見送るから」と意気揚々と話していた先生のおいが今年先に逝(い)ってしまった。

長生きすることはめでたいことだと世間では思われているが、果たしてそうなのか。自分が長く生きている分、自分より若い人が亡くなっていくのを見ないといけないつらさがある。私には想像できないくらい。でも、私は先生にあと50年くらい長生きしてほしい。これからの人生、私にはたくさんの壁が立ちはだかりつまずくこともあるだろう。そんなとき先生がそばにいてくれたらどんなに心強いか。

「したいことも、食べたいものも、行きたいところも、すべてしたからもういつ死んでもいいわ」と言い切ってしまうほど人生を謳歌(おうか)した先生はまぶしい。現役小説家として今も連載を四つも抱え、寂庵での行事もこなし、こんなパワフルな97歳、他にいるだろうか。

やはり先生は超人だ。「早く死にたい」と叫ぶわりにはよく食べて、よく呑み、よく眠り、仕事をする。「こんなんじゃなかなか死にそうにないね。１００歳までいくかもしれない」と言ったときは、実はホッとした。あと3年、先生１００歳までは絶対に生きてください！　私は先生とずっと一緒にいたいです。

バースデーケーキをスタッフ皆で食べるとき、「自分ばかり大きいのを選んで」と先生は私をにらんだ。思わず、「これなら大丈夫だ、１００歳いく」と確信できた。

先生、誕生日おめでとうございます！　来年は私より大きなケーキを召し上がってね！

（２０１９年５月）

私、結婚します！

「まなほがぐずぐずしているから、結婚式には行かれないね。それまで生きていない」と寂聴先生はあきらめ顔でよく話していた。私が子供が好きで、早くほしいと言っている割にのんびりしていて、結婚の「け」の字も出ないことにあきれていたのだ。

「私だってしたいけど、いい相手がいないんですって。そんな簡単にはいかないよ」と言い返すと「誰でもいいから、とりあえず一回結婚したらいいじゃない。だめだったら別れたらいいんだし」なんてひょうひょうと言う先生。もちろん、先生には絶対結婚式に出てほしい。そんなやりとりをもう何百回もした。

でも、寂庵にきて9年目になる今年の春先、私は突然結婚宣言をした。

「え、本当なの!?」と疑うような目つきで私を見ながら先生は言った。

「はい、結婚式は6月にします」。今まで黙っていたのは先生はすぐいろいろな人に言いふらすに違いないからだ。

相手は私よりも年下で、先生も何度も仕事で会ったことがある男性。2人であいさつに行ったら、「あなただったのね！　よかった！」と喜んでくれた。

先生は「まなほの結婚式にちゃんと出られるようにしないと」と、いつも以上に自分の体調を気にしてくれていた。

結婚に合わせて、私の2冊目となる本『寂聴先生、ありがとう。～秘書の私が先生のそばで学んだこと、感じたこと～』も無事完成した。先生との日々や結婚相手のことなどにふれており、結婚式の引き出物にもした。

いざ結婚式当日。バージンロードを歩き、一番前に進むと、黄色の法衣を着た先生が目に入った。「奇麗だよ！」と声を掛けてくれた。

披露宴のスピーチでは「私のことより、これからはご主人を大切にしなさい」と言ってくれた。

夫は関西で働いているので、私も今まで通り先生のもとで仕事を続ける。これからも変わらず、夫よりも（？）先生のことを大切にし、支えて、そばにいたいと思う。

式の翌日から新婚旅行に行ったのだけれど、その話はまた今度。

（２０１９年６月）

結婚式で、大好きな先生と

待つ人がいる幸せ

新婚旅行はどこへ行こう？　2人で行く初めての海外。明るくて気持ちの良いところがいい。そんなとき「スペインはどうだろう」と思いついた。とにかく食べ物がおいしいらしい。私も夫も食べるのが大好きなのでスペインに決めた。

「日がたつと、先生の気分が変わって休みをもらえないかもしれない」と、結婚式翌日に出発することにした。

寂聴先生も何度かスペインに行ったことがあるというので「おすすめのお店は？」と聞くと「覚えてないわ」。念のために「バルセロナで有名な建築物は分かりますか？」と聞くと「知らない」。正解はもちろんサグラダ・ファミリアなのだけど、先生、本当にスペインに行ったことがあるのだろうか。疑いの目を向けると「旅行の本とか見ればいろいろ書いてあるわよ！」と笑う。それじゃあ意味がないんだ。実際の体験談が聞きたいのに、と私も思わず笑ってしまった。

式の翌日、私たちは幸せに満たされながら旅立ち、3度飛行機を乗り継いで、バルセロナに到着した。この時期は午後9時ごろまで明るい。天気にも恵まれ、思いっきりバルセロナを満喫した。

皆が言うように、スペインは本当に何を食べてもおいしい。夫は本場のパエリアを熱望していたので、海の幸がたっぷり入ったもの、イカスミ入りの真っ黒なもの、手長海老がメインのもの、この旅で3回も食べた。スペイン人は美食家で食べ物にお金は惜しまないし、よく食べる。私たちは日本に帰っても、スペイン人を見習おうと決めた。

帰国して、空港から家に向かう途中で電話すると、先生は「1週間なのに、なんだか1ヵ月もまなほが留守に感じたよ」と言ってくれた。1ヵ月も行けたらどんなにいいか……。けれど、帰りを待ってくれる人がいるということがうれしい。先生、ただいま！

結婚式と新婚旅行を無事終え、そろそろ浮かれモードから気を引き締めないと！

（2019年7月）

書くことで広がる世界

結婚式前日の6月7日、私の2作目の著作『寂聴先生、ありがとう。』が発売された。京都の大垣書店で新刊を記念し、サイン会を開いた。

私の本を手に取ってくださった方に「とても面白かったです」「これからも頑張ってください」などと言葉を掛けられるとうれしくて泣きそうになる。読者の方と直接話し、本の感想など聞くことができる機会がとても新鮮で、励みになる。

そして雑誌「クロワッサン」で、食べ物をテーマにしたエッセーの連載も始まった。食べることが大好きな私にはぴったりのテーマだ。

書く機会が増えたことで、時々「秘書・作家」という肩書で紹介されることがあるが、畏れ多くて「『秘書』のみにしてください」と言う。

ものを書くことは楽しい、けれど難しい。先生のようにスランプもなく70年以上も書き続けられる自信がない。ひとつのことを長く続けるのは並大抵なことではない。私なんて、この新刊を出すのに3年もかかった。そんな私が「作家」と名乗るなんておこがましい。

その半面、ものを書くのは、私の想いや感じたことを表現できる場を与えられ、誰かに読んでもらえているということ。表現の場が自分の存在意義を感じさせてくれる。「私は私でいいんだ。そのままでいいんだ」って。

お会いしたこともない読者の方から本の感想の手紙を頂くとより強く感じる。特技も、自慢できるものも何もなかった私が、先生によって「書く」という新たな道を開いてもらった。書くことでこんな世界が待っていたなんて……。

先生は自由に書かせてくれ、私も先生に執筆の相談をすることもない。私が書いた文章で、先生が噴き出して笑う姿を見るのが何よりも好きだ。

自分の自信のなさや、メディアに出ることで、聞こえてくる批判や悪口で大きく心が揺れることも多々あるが、私は、私のままで、そのままずんずん進んでいきたい。

（2019年8月）

先生のやる気を引き出す方法

寂聴先生は8月と12月は、毎月の法話や「写経の会」を休み、執筆に専念する。来客も取材も基本的に断っているので、8月の寂庵はとても静かだ。

スタッフは交代でお盆休みを取る。私は兵庫県豊岡市の出石（いずし）の祖父母のところへ夫と一緒に帰省し、祖父母と畑で野菜を採ったり、高校時代の友人とバーベキューをしたりして夏休みを満喫した。

先生も少しはのんびりできるはずだった。しかし、なぜか今年は8月が締め切りの仕事が多かった。既に四つの連載を抱えているのに、「週刊朝日」で横尾忠則さんとの往復書簡の連載を始めたのだ。97歳で五つの連載を抱えることに。週刊なので締め切りのペースが速い。書いたと思えばもう次の締め切りだ。その上、別の仕事まで引き受けていた。

仕事はいくらでも残っているのに、先生は「しんどい」と言って、ベッドに寝ころんで週刊誌を読み始めた。と思っていたら、眼鏡をかけ、その週刊誌を持ったまま眠ってしまっていた。口うるさく締め切りのことを言っても、やる気の起きない先生にはなんの効果もない。いつも怒っている私にも慣れ、「勝手に言ってろ〜」と余裕だ。

97歳にもなると、やはり体力がついていかない。書きたい気持ちはあるし、今まで通りできると思っていても、最近の口癖は「しんどい」だ。

今日も、翌日の朝刊に間に合わせなければならない新聞連載の締め切りがある。夕方までには書き上げないと印刷に回せない。

私は朝から、先生に「ゆっくりしていられませんよ！」と声を掛け、

「今日の夜ご飯は、スパゲティとピザでイタリアンパーティーにしようと約束していたでしょう？　それまでにどうにかして仕上げてください」と伝えた。

するると、さっきまで気だるそうにしていたのに「そうだ！　よし、やるぞ！」と、急に先生のやる気が芽生える。食べ物で釣っているみたいだけれど、先生にはこの方法が一番有効なのかもしれない。

（２０１９年９月）

ピザでイタリアンパーティー♡

寂聴さんをぼけ扱い⁉

97歳の寂聴先生はとても元気で、いつまでも死なないような、そんな生命力にあふれた人間のように見える。体力の衰えはあっても頭と口は以前と変わらず元気で、放っておいたらいつまでも一人で話している。しかし、頭はしっかりしているとはいえ、物忘れなど、記憶力は少しずつ衰えてきている。97歳、当たり前だ。

私が伝えたことや、昨日食べたものを、覚えていないことがよくある。「この梨おいしい！ 誰も食べさせてくれないんだもの」。昨日も一昨日(おととい)も食事に出したのに、そう言う先生に私たちスタッフは顔を見合わせ、

「先生、昨日も食べたでしょう?」と言うと「いいや、初めて食べる!」と譲らない。

「それなら嫌というほど召し上がってもらいますからね」と私たちは、初めて食べたと言われないように毎日出し続ける。

「言った」「聞いてない」の言い合いも日常だ。そんな時、私は「先生……そろそろ……」と言って「本当にぼけてきたのかも」と一瞬深刻な顔をする。そして、すぐに2人で顔を見合わせて笑う。

「ぼける」ことや「物忘れ」も私たちは暗く考えず笑いに変える。何度も確認したのに「聞いていない!」と言い切られるとがっくりくることもあるけれど、年齢を考えると仕方のないことだ。

先生はよく取材や随筆で「秘書のまなほがぼけたと言ってくる」と反撃してくる。ユーモアたっぷりに書かれた随筆でも「寂聴さんをぼけ扱いするなんてあの秘書はけしからん」と真剣に怒ってくる読者もおられる。先生は大げさに書いているので、よりそう思わせてしまうに違いない。

「まなほのこと怒っていた人がいたね」と、先生はにやにやしながら言うけれど、私はもう気が気じゃない。「先生の影響力は大きいのですから、私が悪者になるようなこと書かないでくださいね」と言うと、うれしそうに笑っている。

その顔を見ると、こっちも怒る気がうせ一緒に笑ってしまう。そんな毎日だ。

（2019年10月）

「遺言」と付けた理由

11月14日は寂聴先生の得度（とくど）記念日である。得度とは出家のこと。先生は51歳で出家したので、今年で46回目になる。

先生にはこの世に生まれた5月15日と、出家したこの日と、年に2度誕生日がある。私たちは先生に「46歳になったんですね！　わか〜い！」と言って、みんなで大きなケーキでお祝いした。

今年はその日に、新刊『寂聴　九十七歳の遺言』の発売記者会見も寂庵のお堂で開いた。たくさんの記者が集まってくださり、先生は次から次へと質問に答え、写真撮影に応じた。そして「死ぬまで書き続けたい。書き尽くしたとは、まだ思わない」と言った。そのすがすがしい姿を見て私は、先生の生命力の源はやはり、書くという自分の一番好きなことをしているからだと確信した。

毎月の法話での質疑応答でよく「なぜそんなにお元気なのですか？元気の秘訣は？」と聞かれる。「よく食べて、飲んで、寝て、仕事しているから」と先生は答える。97歳現役で、五つも連載を抱える人はこの世に先生一人だけに違いない。

「しんどい」が口癖でも、締め切りに追われながらなんとかこなしていく。先生が「もう仕事したくない。しんどいのよ」と言うと、私は「ダメですよ。締め切りをとうに過ぎていますから寝てはいられません」と秘書らしく言うのだが、「まなほには、このしんどさが分からないよ」と返されると反論できない。

私がおばあさんになったらきっと一日中、ゆったりと過ごし、テレビにかじりつき、ほとんど昼寝しているだろう。果たして97歳まで生きられるだろうか。きっと無理だ。

「遺言」は、今まで先生が本のタイトルに使わずに残しておいた言葉である。それを今回の本に付けた。記者の方々が口をそろえて「タイトルに『遺言』とあって驚きました。付けた理由を教えていただけますか？」と聞くと、先生は答えた。

「売れるかと思って」

記者の方々のあぜんとした顔が忘れられない。


（2019年11月）

仕事も子育てもがんばるぞ！

「毎日大きくなる！」。11月のある日、大きなボールのように膨れ上がった私のおなかを見て、寂聴先生は目を丸くして言った。私は重い体でのしのしと、象のように寂庵を歩き回る。

出産予定日は12月末だったので、12月から産休に入ることにしていた。つわりはほぼなく、順調な妊婦生活。先生が「もう休んでいいよ」と心配しても、ぎりぎりまで働くつもりでいた。

私とけんかすると、先生はすぐ「お母さん怖いねぇ〜」とおなかの赤ちゃんに話し掛ける。ムキになって怒ると「胎教によくないよ！」と言い返されて、私は思わず黙ってしまう。

　でも、私が時々不安になると先生は何度もおなかをさすりながら「大丈夫よ。頭の良い健康な子が生まれるから！　心配しなくてもいいよ」と励ましてくれた。

　相変わらずよく食べ、体重もみるみる増えていった私。赤ちゃんも大きめに育ち、臨月に入る頃には３０００グラムを超えていた。妊婦検診では毎回体重の増加を注意された。このままだと予定日には４０００グラムになってしまう……。早く出てきて！

　産休に入ってすぐの検診で「出産する身体になってきていますよ。でも今週はまだかな？」と言われたその晩、陣痛が来た。12月初旬、晴天の日。10時間かかって元気な男の子を出産した。息子に会えた瞬間、幸せで涙が止まらなかった。

　分娩室から電話すると先生は「よかったね！　言った通りでしょう？

12月に入ったらすぐ生まれるって」と喜んだ。そして翌日病院に来て、息子を抱っこしてくれた。

結婚式で先生に「次は赤ちゃんを見せて」と言われていた。私の心配を察して早く出てきて、わが子を先生に抱っこしてもらうという私の夢をかなえてくれた息子。なんていい子なんだろう。

担当の先生が後で、その日は大安だったと教えてくれた。なんて運のいい子！

春には寂庵に戻り、仕事に復帰するつもりだ。仕事も子育てもがんばるぞ！

（2019年12月）

わが子を先生に抱いてもらえた！

わが子を戦場に送らないために

息子が誕生して約1ヵ月がたった。ふにゃふにゃしていた「新生児」から、いつのまにか丸々と太り「赤ちゃん」に。何もかも初めてで、恐る恐る世話していたが、少しずつ慣れてきた。息子は、あまり夜泣きせず、3〜4時間はまとめて寝てくれるのでありがたい。

家族3人で新年のあいさつに寂庵に行った。息子と寂聴先生とは出産翌日に病院で会って以来。机に寝かせた息子を囲んでだんらんした。

息子は眠りながら、時折笑みを浮かべ、そのたびに先生は驚き、笑う。実はこれ、面白かったり、うれしかったりして笑っているのではなく、この時期特有の生理的な行動で「天使のほほ笑み」とも言われているそうだ。1〜2秒で戻ってしまうのだが、先生は「ほら！　笑った！」と、見る間に変化する息子の表情にくぎ付けだった。

先生は私に「こんなかわいい子が戦争に連れていかれることがあってはならない。戦争が再び起きないようにしないと」と言った。戦争中、家族や隣近所に召集の赤紙が来ると、日の丸を振り「万歳！」して、戦場に送り出した。息子を送る母親の気持ちを考えると胸が張り裂けそうになる。

終戦から40年以上たって生まれた私は、心のどこかで「戦争はもう起きないだろう」と思っていた。「自分は女だし戦争に行くこともない」「経験していないから、そう思っても仕方ない」とも。けれど、そんな考えは大きく変わった。

毎日息子を見るたび、自分がこんなにかわいい子を産んだなんて信じられないし、生まれてきてくれてありがとうと言いたくなる。そんなわが子を戦場に送り出さなくてはならないとしたら……。

「万歳！」なんて絶対に言えない。自分の大切な人を奪われることがどんなことなのか。戦争を経験していなくとも、今なら痛いほど分かる。

先生は戦争反対を訴え続けてきた。「良い戦争はない」「いかなる理由があっても人を殺してはならない」と。今度は私が息子に教える番だ。

（2020年1月）

先生の前ではご機嫌な息子

毎年冬になるとインフルエンザが流行するが、今年は新型コロナウイルスのニュース一色だ。京都でも感染者が出て、近所でマスクがどこも売っていないという異常事態になった。

ここ数年、京都の外国人旅行者は増え続け、京都駅は観光客でごった返している。

それがどうだろう。週末だというのに、駅の中はもちろん、いつも長い行列ができているバス乗り場もめっきり人が減っている。感覚的には5分の1、いや10分の1。特に減ったように感じるのはやはり中国人旅行者だ。

私も感染が怖くて、昨年12月に生まれた息子を連れての外出は、ほとんどしていない。寂聴先生が毎月寂庵で行う「法話の会」も2月は中止になった。

しかし、家の中に引きこもっていては息が詰まるので、息子と寂庵へ先生に会いに行った。にこにこしている息子を見て先生は「機嫌がいい子ね」と繰り返し「頭の良い子だよ。ノーベル賞取ろうね。いや、かわいい顔をしているから俳優かな」と話し掛けている。

そして、自分の娘が赤ん坊だった時によくしてあげていたという体操を息子にしてくれた。

「イチ、ニ、イチ、ニ」と腕を開いたり閉じたり、足を上げたり下げたり……。「これで体が柔らかくなったから、娘は今もスタイルがいいのよ」と自慢する。でも、私は心の中で「それはずっとバレエを続けていらしたからでは？」と思いながら先生のことを眺めていた。

「赤ちゃんって普通、もっと泣くものじゃないの？」。先生が不思議がるほど息子はご機嫌だったのに、帰宅した途端、ぐずりだした。「さっきまでご機嫌だったのにどうしたの？」と声を掛けても、泣き声はどんどん大きくなる。

きっと息子は、先生の前で泣くとかわいがってもらえないと分かっていたのだろう。機嫌良く愛嬌を振りまく姿は、まるで私が先生に何かお願い事をするときのよう。

「やっぱり私の息子だ」と思わず笑ってしまった。


（２０２０年２月）

先生との日々、10年目に

２０１１年3月1日、私が寂庵に勤め始めた日。なかなか就職が決まらず途方に暮れていた時に、友人のアルバイト先の祇園(ぎおん)のお茶屋「みの家」のおかみさんの紹介で、寂聴先生の下で働けることになった。周りの友人とは違う、普通じゃない就職先。不安はなくワクワクしていた。先生が小説家であることさえ知らず飛び込んだ私、23歳の時のこと。

あれから9年。3月になるたび、先生との日々が1年ずつ増えていく。私にとっては始まりの月が、終わりの月になった方もいた。10日後の東日本大震災で1万5000人以上の命が奪われたからだ。先生は病み上がりで歩行器が必要な体だったにもかかわらず「こうしてはいられない」と被災地に飛んだ。被災者と一緒に泣き、励ました。

すやすやと隣で眠る0歳の息子を見ながら私は、自分が今生きていること、息子が生まれてきてくれたこと、そして先生が生きていることがすごく貴重に思えて、感情があふれ、泣きたくなる。

「ノーベル賞取りましょうね」と先生は息子に会うたびに話し掛ける。「授賞式にはタキシード？　紋付きはかま？　私はもうその姿は見られないから、私の写真と一緒にママを連れていってあげてね」。そんな言葉を聞いていると、いつかは訪れる先生との別れを意識し、切なくなる。

母に話すと「もしこの子がノーベル賞をもらったとしても……何十年後の話よ？」と笑われた。でも、2014年にマララ・ユスフザイさんは史上最年少の17歳でノーベル平和賞を受賞した。もし息子が記録を更新したら、あと十数年後。97歳の今も、よく食べ、よく寝て、よく仕事する先生なら大丈夫かもしれない!?

先生が何度も繰り返すので、もう私は息子が初めて口にする言葉は「ノーベル賞」で、候補に選ばれた気にさえなっている。親バカな上、春の陽気で頭がどうにかなってしまったのかも……。

育休を終えて4月、寂庵に復帰した。先生との日々、10年目スタート!

（2020年4月）

息子と迎えた、初めての春

「無常」を信じて

新型コロナウイルスの感染拡大により、街から人がいなくなった。春めいて暖かくなってきたにもかかわらず、世の中は暗いムードのままだ。寂聴先生は「100年近く生きてきたけれど、最晩年にこんなことが起きるとは」と信じられない様子でいる。

初めは高齢者が危険だと報じられていた。でも、海外で持病もない10代の若者の命が奪われたのに続き、国内でも0歳の乳児が感染したというニュースが流れ、4ヵ月の息子を持つ私の心はざわついた。

育休を終えて4月1日から寂庵に復帰し、息子は保育園に通い始めた。一番年少で周りのお友だちにもかわいがられ、先生も良い方ばかりで安心していたところだった。

そんな中、東京や大阪などを対象に緊急事態宣言が出された。私は何より寂聴先生が感染しないかと不安で仕方がない。

自宅と寂庵の往復のみに行動範囲を制限し、手洗いにうがい、アルコール消毒、マスク着用など感染予防を徹底する。

私が寂聴先生を心配するのとは逆に、先生は息子のことを心配して「保育園は慣れた？」「ママと離れて泣いてない？」と私に聞いてくれる。

そして「こんな状況だから保育園に預けるのはやめて、自宅で仕事をしたら？　今は来客も行事も全部取りやめているし、ここは大丈夫だから」と言ってくれた。

実は復帰した喜びの半面、不安で揺れていたのだ。先生の言葉で私は決断し、次の瞬間には保育園に当分休むことを連絡した。それでも週に何度かは家族に息子を見てもらい、寂庵に出勤する。先生に会いたいから。

その後、京都を含む全国に緊急事態宣言の対象は広がった。こんな春を迎えるなんて。こんなことになるなんて。「普通の生活」が当たり前ではないことにあらためて気づく。「無常」。常ならず。ずっとこの状態が続くわけではない。それを信じ、自分が守るべきものを守っていく。今はそれしかない。

（２０２０年４月）

先生との「今」を大切に

「数えで99歳、白寿（はくじゅ）よ」と寂聴先生が言う。5月15日は先生の誕生日で、京都では葵祭（あおいまつり）が開催される日だ。毎年寂庵にはお祝いのお花やプレゼントがたくさん届き、私たちスタッフは猫の手も借りたいほどの忙しさなので、葵祭は一度も見に行けたことがない。

しかし、今年は新型コロナウイルスにより葵祭の行列は中止された。先生の故郷徳島で8月に行われる阿波（あわ）おどりも行われない。先生が知る限り、両方とも中止されたことは戦後なかったそうだ。楽しいことが次々となくなってしまう。

そんな状況なので、満98歳になる今年の誕生日は来客もなく、静かな一日になると予想していた。それがどうだろう。去年と同じくどんどんお花が届き、プレゼントの山ができた。大変な時期の心遣いがありがたい。

先生は最近、日中も横になっていることが多い。先日は体中が痛いと言うので、全身をもみほぐしてあげたが、知らぬ間に肩周りの肉がそげていて、はっと驚いた。

食欲に関しては衰え知らずだったのに、その日は「何も食べたくない」と言うので心底心配になった。帰宅後も、真夜中に寂庵まで車を走らせて先生の様子を見に行きたい衝動に駆られる。電話だけでもと思うけれど、もう休んでいたら、起こしてしまうと思い悩んで眠れなかった。

翌朝、早めに寂庵に着くと、夜中に食べたらしい団子の笹(ささ)の包みが台所に落ちていた。「大丈夫だった」とほっとする。食欲も戻って、誕生日のお祝いにいただいた赤ワインを開けた。でも、「100までは生きられそうもないし、あの世で誰にも会いたいと思わない。会っても仕方がないしね」なんて言う。私は自分が死んだ後も先生に会いたい。「老けたね」って私を笑ってほしい。

先生は「100まで生きそうね」と言ったり、「年を越せないんじゃないのかな」と言ったり。明日のことは誰にも分からない。だからこそ先生との「今」を私は大切にしたいと強く思う。

（2020年5月）

コロナ禍の中、98歳のバースデー

少しずつ戻る日常

新型コロナウイルスによる緊急事態宣言が解除され、少しずつ日常が戻ってきている。

全国からの参加者で寂庵のお堂がぎゅうぎゅう詰めになる寂聴先生の法話の会。やはりコロナの不安がある中では難しい。8月いっぱいまで行事は中止し、それ以降も状況を見ながら再開するかどうかを決める。「夏には再開」の予定が「秋に」に延びた。「来年に」とならなければいいが。

寂聴先生は毎日「あのチビどうしている?」と、0歳の息子の様子を聞いてくれる。6月になり、保育園への登園を再開する時、先生はとても心配してくれた。「今までは小さくて何がなんだか分からなかったけれど、もう分かるようになってきたから、ママと離れて泣いたりしない？」

でも、園では一度も泣かずご機嫌だったと保育士さんの話を伝えると、先生は自分にだけ愛想が良いわけではないことを知り、「誰にでもにこにこしてけしからんね！」と笑いながら怒っていた。

私はというと、昨年12月に出産してから、なかなか減らなかった体重が、少しずつ戻っていった。その姿を見て先生は「女は子供を産んだ直後が一番きれいだっていうけれど、まなほはそんなことなかったからどういうことかと思っていたのよ」なんて言う。

マスクで隠せるため、お化粧もせず、おしゃれとは言えない楽さ重視の服装ばかりで、「着飾る」ことを忘れてしまっていた。久しぶりにお化粧をして見せると「きれいですよ」と先生は言ってくれた。家族も私の顔を見ると、「まなほのちゃんとしている姿、久しぶりに見た」と褒めてくれた。私はどんなにひどい姿だったのだろう……。

しかし、先生の言葉はうのみにできない。昨日は「少し痩(や)せたね」と言ってくれたのに、今日になると「太った。どしっとしていて『母』って感じ」と極端に違う。そのたびに一喜一憂していたら身が持たない。とはいえ、観察力の鋭い先生の前では、結婚し、母になっても気を抜くことはできない。

（2020年6月）

コロナの日々、どう生きる？

全国に出された緊急事態宣言が解除され、ようやく以前のような生活が戻ってきたと思ったのに、日々増えていく新型コロナウイルス感染者。これが第2波ということなのだろうか。

寂庵では、2月から中止していた法話の会や写経の会などの行事を9月から再開する予定だったが、感染者の増加で当面見送りとなった。収束が見えない不安な日々。今後どうなるのだろう。

感染予防のため、世の中ではインターネットを使ったオンライン会議がとても重宝された。私も東京、京都、ドイツにいる友人たちでオンラインお茶会をした。楽しく過ごしたが、やはり何か少し違う。その場に流れている空気感や、感覚的なものまでは画面越しでは共有できない。

寂聴先生のもとには、目に見えない敵であるコロナウイルスへの漠然とした不安の声が全国から集まる。「こんな時こそ法話を」とオンラインで行うことを考えたが、先生は「誰もいない、カメラに向かってただ一人で話すのもなんかね……」と気が進まないようだ。やはり生身の人間を目の前にするのとしないのとでは、モチベーションが大きく変わる。

先生の法話はライブに近い。聴衆の反応を見て話す内容もどんどん変わっていく。お客さんあってこそなのだ。

先生の言葉を必要としている人たちへ届ける方法とは……。

考えた末、私が聞き手となり、コロナや不安な世の中の状況について、先生に語ってもらった。それが『寂聴先生、コロナ時代の「私たちの生き方』教えてください！』というタイトルの本になった。

１００年近く生きてきた先生は「最晩年にこんなことが起きるとは夢にも思わなかった」と言う。私も小さな息子を持つ母親の立場でお話しした。不安ばかり膨らむ中で、どんな心持ちで過ごせばいいのか。先生の答えは？　対談を通して私自身前向きになれた。ぜひ、今だからこそ多くの方にも読んでいただきたい。

（２０２０年７月）

朝６時のファックス原稿

　生まれて初めて高熱を出した息子に夜中、ミルクを作って飲ませた後、携帯を見ると寂聴先生から着信が。

すぐにかけ直すと「原稿できました。もう寝ているかと思ってかけるのを悩んだけれど、原稿が書けたら電話くれと言っていたので。チビはどう？」と先生。「書けたんですか？　すごい！　てっきり明日になるかと。息子はまだ熱があります」と返事をした。時刻は午前2時前。こんな時間まで書いていたとは。

数日前も別の原稿で、「必ず明日の午後1時までに書いてください。

明後日の朝刊に間に合いませんよ」と伝えて帰宅し、次の日出勤すると、ファックスには送信済みの原稿が。先生、書けたんだ！　私が一番ほっとする瞬間だ。送信履歴を見ると朝の6時だった。

先生は70年以上書き続け、著書は４００冊を超えている。「もう書き尽くしたから書くことないわ」と文芸誌の連載の締め切り前にはいつもうんうんうなる。「最近は良いと思うものが書けないときがある。もうやめろってことなのかなぁ」とぼやくこともある。

でも「先生、この原稿素晴らしいよ！　感動しました」と私が興奮して言うと「え、そんなことないでしょ……。あらホント、上手に書けてるわ！」。２人して感心した。

5本の連載を抱えた98歳現役作家。体力は衰え、書くスピードも落ちているけれど、まだ筆をおかない。

そんな中、先生は突然、「何か新しいことでもしないとつまらなくて」と絵を始めることを思いついた。絵の具や筆、イーゼルなど道具も一式そろえて満足そうだ。

「これからは原稿の仕事が来ても、『瀬戸内は画家に転身しましたので、原稿依頼はお受けしておりません』って断らないといけませんね！」と私が言うとまんざらでもなさそうだ。夢は展覧会を開くこと。

毎日仕事に追われ、その上新しいことを始めようとするなんて。そのエネルギーはどこから来るのだろう。

（2020年8月）

横尾忠則さんに送った絵

「おしゃべりな私たちがこんなに静かだなんておかしいね」と寂聴先生は笑った。絵を始めると宣言をしてから1ヵ月弱。やっと先生と私はワレモコウの絵を描いた。毎年この季節にワレモコウを送ってくださる方がいて、ちょうど良いタイミングだった。

私たちはワレモコウを挟んで向かい合って描いた。茎(くき)に付いた毛虫のような形のワレモコウの花を描くのは、簡単そうに見えて思いのほか難しい。先生は私の絵を見て「幼稚園児が描いているみたい」なんて言う。

完成した絵を並べると、どちらもなんとも言えない出来で2人で思わず笑ってしまった。早速、先生と長く親交のある美術家の横尾忠則さんに見てもらうべく、２人の絵を撮影して送った。

　すると横尾さんは、先生と続けている雑誌連載の中で「描いても、恥ずかしいと言って、人に中々見せないものですが、セトウチさんはこうして、写真を撮って堂々と送って下さるその無垢な無邪気さが、見る者の感動を呼ぶのです」と書いてくださった。思わず先生と噴き出してしまった。

　夫には「先生はともかく、まなほの絵も送るなんて普通できないよ、恐れ多くて」と言われた。ど素人だからできることなのか。先生は「その非常識さがあなたの面白いところなのよ。面白いと思うか非常識だと思うかは、人によるだろうけれど」と言う。褒められているのか、けなされているのか複雑な気持ちだ。

　横尾さんに褒められて、私たちは大いに浮かれたが、落ち着いて見返すと、やはりなんとも言えない絵だった。先生は「こんなに下手くそだったなんて自分でもがっかりした」とこぼした。
でも、夢中になっている時間は充実していて、先生もとても楽しそう。「次は何を描こうか」と2人で絵の話ばかりだ。先生が目標にする展覧会の開催には何枚も描かなくてはならない。先生は「遺作展」なんて言うけれど、生きている間に盛大に開催してほしい。私の絵も隅っこに飾って。

（2020年9月）

先生と2人で絵に挑戦

今この時を前向きに生きる

ついこの前まで「暑い！」と嘆いていたのが、打って変わって肌寒くなった。衣替えをし、あぁもう今年も終わりかと、秋の風を感じながら一人たそがれている。

時間の過ぎる早さといえば、何より昨年12月に生まれた息子の成長の早いこと！　生まれたばかりで何もできなかったのが、今はもう、はいはいで寂庵の廊下を走り回る。歩き出すのもあっという間だろう。

寂聴先生も「この前まで、こんなことできなかったのに！」と日々の成長に驚いている。息子も先生のことをしっかりと認識し、会うとうれしそうに笑う。

そして必ず剃髪（ていはつ）した先生の頭を触る。まだ手加減を知らない息子は時々頭を引っかき、先生は「痛いよ〜」と泣きまねをしてみせる。98歳差の2人は今日も仲良しだ。

「バイオリンを習わせよう」「ダンスもさせよう」「バレエは？」と、大人たちは好き勝手に話す。真っ白なキャンバスには、これから何万もの色が塗れるように、息子の可能性は無限大だ。どんな鮮やかな人生になっていくのか楽しみだ。

今年は新型コロナウイルスの感染拡大で、不安で不自由な生活を強いられた。さらに、著名人の訃報（ふほう）が続き、暗い気持ちになることも多かった。

そんな時でも、寂庵の庭には、いつも季節の花が咲き誇っていた。世間の情勢をよそに、「今自分がすべきことを一生懸命している」とばかりに葉を伸ばし、花を咲かせるその真っすぐな姿は、凜として見えた。

98歳の今でも徹夜で仕事をし、「しんどい」と言いながらもペンを離さない先生の姿にも幾度となく、感銘を受けた。

どんな時でも季節は巡る。落ち込もうが嘆こうが、時間は刻々と過ぎていく。ならば、せっかくのこの時を前向きに生きようという気持ちになる。

98歳の先生と0歳の息子に私は日々「生きる」ということを教えてもらっている。私も今できることを全うし、まだ余白が残る自分のキャンバスにもっと色を付けていきたい。


（2020年10月）

病気も手術も乗り越えて

１００年動き続けている機械も、定期的に点検し、オイルを差したり、部品を交換したりしないとすぐに動かなくなる。人間の体も同じだ。98歳の寂聴先生は入退院を繰り返してきた。6年前に胆のう癌が見つかった時は内視鏡手術で取り除き、3年前には心臓と右脚のカテーテル手術もした。

私はお見舞いに行くのにも慣れ、先生が入院する際の書類上の保証人になったこともある。「先生が入院費を払えなければ私に取り立てが来るんだからね」なんて冗談を言って笑っていた。

先生は何より痛みが苦手だ。ここ数年は、左足の親指の巻き爪が不調の原因だった。血管が詰まり、指先まで血が流れにくくなっているためなかなか治らない。痛みがひどい時は歩くこともできず、痛み止めを飲んでも解決しない。

「この歳になってまた手術なんて」と最初しぶっていた先生も、バイ菌が入ったら壊死（えし）する可能性もあると聞いて手術を決めた。局所麻酔によるカテーテル手術だ。

入院準備を進めていた先生だが、手術を翌週に控えた10月中旬、真夜中に寂庵で転んでしまった。しかも顔を床に直撃。翌朝、出勤すると、おでこに大きなたんこぶができ、まぶたは青黒く腫（は）れあがって目も開けられない先生の姿が。「お岩を怒らせた顔」と自身を例えた。すぐに入院して検査した結果、幸い骨などに異常はなかったので、脚の手術も早めてもらった。

「このまま死んだらよかったのに」なんて先生は言うけれど、先生はついている。何度派手に転んでも骨折せず大事には至らない。胆のう癌も、他の病気の検査の時に偶然見つかった。先生を見ていると、本人の気力に加えて、「生かされている」ように感じる。自分の意志だけでなく、何かの力によって。

無事に退院し、寂庵に帰ってきた先生。顔の腫れもだいぶ引いて、元の先生の顔が戻ってきた。「いっそこの際、整形しようかしら」なんて言う先生。うん、まだまだ大丈夫！

（2020年11月）

病気も手術も乗り越えてきた先生

先生の名は「あんちゃん」!?

およそ1年前、私は息子を出産した。予定日よりも20日早かったのに3キロ超えの丸々した元気な赤ちゃんだった。

あれからすぐに新型コロナウイルスの感染拡大で世の中が一変した。寂庵で毎月開催していた寂聴先生の法話の会で、お世話になっている方や編集者の方に息子をお披露目したかったのに、法話は中止となったままだ。それでも一度もお会いできていない方からも、息子の1歳の誕生日にはお祝いのメッセージやプレゼントをたくさんいただいた。

この1年の息子の成長は著しい。笑ったり、怒ったり、感情を表現する。「いただきます」に合わせ、手を合わせる。「きらきら星」に合わせ手遊びもする。できることがどんどん増えていく。昨日できなかったことが今日にはできていることもある。私の1年なんて、さほど変わらないのに、子どもの成長ぶりには感動しっぱなしだ。

先生が夜中に転んでからは私たちスタッフが交代で寂庵に泊まり込んでいる。私の当番の時は息子も一緒だ。皆で夕食を食べる時、息子は先生が自分の方を向いてくれるのをじーっと待っている。先生が相手をしてくれることがうれしくて仕方ないようだ。

夜は、先生とかくれんぼをしたり、しゃがんでおもちゃを拾う先生の剃髪した頭を触るのがうれしくて、わざと落としたりしてはキャッキャはしゃいでいる。

先生もエネルギッシュな息子に「こんなに遊んでも疲れないのかね」と驚いている。先生は息子を楽しませるのが上手で、笑い声が廊下まで聞こえてくる。

ある日、先生の呼び名を何にするか2人で話していた時、「ジャクチヨウさんって言いにくいでしょう。寂庵の庵主から『あんちゃん』にしよう」と先生が決めた。

「あんちゃん」と息子が先生を呼ぶのが待ち遠しい。初めて口にした言葉は「ママ」ではなく「あんちゃん」だったりして!?

（2020年12月）

目標はママ友づくり

今年も無事に新年を迎えることができた。

しかし、1月7日の年始めの行事「修正会（しゅしょうえ）」は新型コロナウイルスのため開催できず、なんだか、新しい年になったという気持ちの切り替えができていない。つくづく行事の大切さを感じる。

息子は昨年12月に1歳になり、急激な成長を感じることが多くなった。スタスタ歩き、こちらの言っていることもおおかた理解できる。教えたことを習得するのも早い。1歳ってこんなにできることが多いものか？と驚いてしまう。親バカに違いないが、寂聴先生も「あの子は賢い。天才に違いない」なんて、〝身内〟のみで盛り上がっている。

それはそうと、私にはママ友がいない。乳児健診など同じ年の子を持つ母親同士が仲良くなるチャンスが、コロナのためにほとんどなかったからだ。なので、他の子と比べて焦るようなこともなく、ただ静かに息子の成長を見守っている。

けれど、育児だけでなく自分の中にある悩みや不満などを発散することができないのは、気軽に話せるママ友がいないからだろう。今年の目標はママ友をつくることだ。

息子は自宅、保育園、寂庵と3ヵ所で生活し、それが当たり前のような顔をしている。小さい頃からいろいろな場所で過ごし、たくさんの人に出会うことはいいことだ。どこにいても物おじしない息子を見てつくづくそう思う。

先生は今年数え年で100歳。満年齢でいうと5月に99歳になる。思うことの3分の1もできない、と衰えていく自分自身のことを嘆いている。でも、相変わらずよく食べ、眠り、仕事をしている。

「チビと一緒にお酒を飲みたいね」と先生は言う。それならあと20年は生きないと。「99歳になるまでは生きていないと思う」と言うけれど、この調子なら誕生日まであっという間だろう。

その時までにはコロナが収束していてほしい。盛大にお祝いするために。今年も先生が笑っていられますように！


（2021年1月）

数え100歳でも現役

寒い冬が終わりを告げようとしている。寂庵の庭には梅が咲き始めた。マンサクのつぼみが開くと、おひなさまを飾る時期だと教えてくれる。毎年、変わらぬ光景だ。

京都では男びなを向かって右、女びなは左に飾る。地域によって飾る位置が違うことは寂庵に来て知った。

寂聴先生はたくさんのおひなさまを持っていて、私が一番好きなのは小指の爪くらいの大きさの豆びなだ。こんなに小さな人形に上手に絵を描けることに感心してしまう。

今は新型コロナウイルス禍で法話の会や写経の会など多くの行事を中止しているが、いつもはこの時期、来庵者におひなさまを公開していた。「きれいね」と写真を撮ってもらって、おひなさまもうれしそうに見えた。

ひな祭りが過ぎると先生は「早く片付けないと！　まなほが嫁に行き遅れる！」とすぐさま片付けるように言う。それももう結婚し子どもも生まれて、急ぐ必要がなくなった。

先生は毎年「飾るのは今年が最後だ」と言うけれど、来年こそはコロナが収束し、またたくさんの方に見てもらいたい。

今年数え年で１００歳になった先生は何かあるごとに「１００だからね」と言う。「私たちは『満』で年を言うので『数え』は使いませんよ。私は数えだと実際より年上の34歳に。なーんにもうれしくない！」と私が言っても、どの原稿にも「１００歳」と自慢するように書く。

コロナ禍で来客もなく、刺激のない日々を過ごす先生は「もう死にたい」とよく言う。私は「今死んでしまったら新聞には満98歳で亡くなったと掲載されますよ。あと少しだからこの際、満100歳まで生きましょうよ！　3桁ってやっぱりすごいですよ！」と応じると、あれだけ100、1000と書いていたくせに「そんなの別にどうでもいい」と言う先生。何が本心なんだか……。

それでも「もう仕事をやめてもいい」と言いながら、書き続ける先生。死ぬまで現役で居続けようとする姿、カッコイイ！

（2021年2月）

夜の「生態」が明らかに

日差しが春の光に変わっていくにつれ、寂庵の庭の花木が次々と咲き始めている。毎年最初に咲く徳島産の「蜂須賀(はちすか)桜」が見ごろを迎え、庭を抱きしめるように咲く大きなしだれ桜もつぼみが開き始めた。

昨年は抱きかかえて桜を見せた1歳の息子も、今は一人でとことこ歩いている。私たちには1年はあっという間でも、その1年でこんなに成長するのだからすごい。

新型コロナウイルス禍で、行事も来客も対面での取材もほとんどなく、寂聴先生にとっては静かな一年だった。

先生は日中横になっていることが多い。連載原稿の締め切りがあるときは仕方なく起き上がるが、口に出る言葉は相変わらず「しんどい」。98歳、そりゃそうだ。

でも、2月の定期健診で病院に行っても格別悪いところはなく、CT（コンピューター断層撮影）で見ると何年も前に骨折した場所の周りに新しい骨ができていることに驚く。「98歳の体でも新しく骨はできるんですね」と。やはり先生は特別だと思う。

先生はずっと夜は寂庵で一人で過ごしていたが、昨秋、夜中に転倒してからは、私たちスタッフが当番制で泊まりこんでいる。今まで知らなかった先生の夜の「生態」が明らかになってきた。

先生は眠ることを得意なことの一つに挙げているが、夜中は起きていることが多い。本や新聞を読んだり、台所に来て、お酒や食べ物を探したり。部屋が真っ暗になっているかと思えば数時間後には起きている。

私たちのように「もう午前0時だから寝よう」ということではないようだ。

時計があってないような生活をしているので、夕方眠りから覚めて「もう朝？　夜？　どっち？」と尋ねることもある。「まだ夕方ですよ。これから夕食です」と伝えると「まだ今日なのね」と先生は言う。締め切りのことを少しは気にしてくれていたのだろうか？

作家は夜型が多いと聞くが、先生を見ていてもそう思う。私はどうも夜は弱い。作家に向いていないかも？

（2021年3月）

コロナ禍の静かな春

春は出会いと別れの季節。寒い冬が終わり、暖かい日差しにうれしくなるのだが、私は少し苦手な季節でもある。進級や進学のたびに、環境が変わり、慣れ親しんだ先生や友人とも別れなければならない。新しい環境になじむのは簡単にはいかないし、時間もかかる。

ところが、寂庵で働き始めてからは、毎年新年度を迎えても大きな変化はなくなった。

春を感じるのは庭の桜や、お釈迦(しゃか)様の誕生を祝う4月8日の行事「花まつり」だ。新型コロナウイルス禍で、昨年に続き、今年も花まつりは大々的には開かず、当日訪ねて来られた数人の参拝者の方々と行った。

寂庵は相変わらず静かでほとんど来客もない。寂聴先生は日々、黙々と執筆の仕事をこなし、コロナ禍の生活にも慣れてきたように思う。

新年度という言葉からは遠ざかっていた私だが、今年は意識せざるを得なかった。1歳の息子が、生後4ヵ月から通っていた保育園を3月いっぱいで退園しなくてはならなくなったのだ。私たち親の事務手続きのミスが原因だ。

先生にそれを伝えると「そんな！　どうにかならないの？　せっかく慣れたところだったのに。まだ自分の気持ちも言えないからかわいそうよ……」とシクシク泣き始めた。

私も、大好きな友だちと会えなくなることがまだ理解できない息子のことを考えると、申し訳なくて一緒に泣いた。

あちこち探し回って無事に新しい保育園が決まったが、先生はそこでの様子を毎日のように聞く。「今日も泣かなかった?」「友だちはできた?」「あんな小さくても、いろいろ苦労があるんだね」。先生って優しいなあ。息子のことをいつも気に掛けてくれる。

登園の際に私と離れるのが嫌でぐずっていた息子も、少しずつ慣れてきた。連絡帳に毎日「給食、おやつ、おかわり」と書かれていることを伝えると「まるで家では何も食べさせていないみたいじゃない!」と先生。2人で大笑いした。

(2021年4月)

99歳の誕生日を迎えて

99歳の誕生日を無事迎えることができた。

100歳までのカウントダウンが進む中、ここ数年の寂聴先生は「もう100歳だから」が口癖になった。それでも「100まで生きないよ、それまでには死ぬよ」と言ったかと思えば、「ここまできたら100を越えたい」と言ったりもする。

日本では100歳以上の高齢者が8万人いる。元気な先生を見ていると100歳になることがそんなに難しくないような気もした。しかし、毎年、先生と同じ時代を生きてきた超人たちが一人、また一人と亡くなっていく。そう思うと100の壁を越えるのは簡単なことではないとも思う。

実際、100を間近に自力で生活できている人はどれくらいいるだろう。8万人の中には寝たきりの人も、要介護の人もいる。健康で体力があるか、頭がしっかりしているか、などは人それぞれだ。先生は今も現役作家として連載をこなしている。しかし、書くペースは遅くなり、体が思うように動かず、ヤキモキするときもある。それでも、締め切り前になると、机に向かい、ペンを持つ。

私たちスタッフは「『99歳で仕事しているのはみっともない、仕事やめようかな』なんて先生は言うけど、私たちが『そうしたらどうですか』と言っても、結局決めかねて、新しく連載を受けてしまったりするよね。この繰り返しね」と話す。

病気をし、長期間入院しても、退院後、体力が回復したら、すぐに原稿用紙に向かう。その姿を見ると「さすが!」と思わずにはいられない。

先日、作家の佐藤愛子（さとうあいこ）さん（97歳）が週刊誌の連載で「断筆」を宣言されていた。それを先生は読んで「愛子さんもしんどいのよね。同じ」とうなずいていた。だからといって先生は書くことをやめるとは言わなかった。

白寿のお祝いが新型コロナウイルスのせいで盛大にできないのは残念だったが、百寿のお祝いはきっとたくさんの人に囲まれてにぎやかな日になるだろう。

100の壁をひょいっと軽く越え、先生なら110歳も夢ではないかも?


（2021年5月）

花に囲まれて、白寿のお祝い

車椅子を忘れる先生

昨秋、寂聴先生は真夜中に転倒し、顔を廊下に打ちつけてしまった。痛みで苦しみながらも、先生はなんとか自分の寝床まで戻った。翌朝私たちが部屋に行くと、顔が大きく腫れあがった先生が眠っていた。

ここ数年ずっと私たちスタッフは、先生を夜、一人にさせることが心配であったが、先生は「夜ぐらい一人がいい」と言うので尊重していた。しかし、あの出来事以来、私たちが交代で毎晩寂庵に泊まることになった。

数年前から、めっきり脚の筋力が衰えた先生。転倒することも増えた。外出する際も車椅子が必要だ。

広い寂庵の建物は長い廊下がそれぞれの部屋をつないでいる。先生の寝室から台所まで、距離は近い。けれど、体調が悪いときは台所まで来られない時がある。転倒したことも踏まえて、廊下に手すりをつけてみてはどうかと提案した。

「手すりなんてつけたらみっともない。嫌だ」と先生。スタッフ全員、リハビリの先生方も一緒に何度も説得した。

「分かりました。まなほの言う通りにしますよう！」と言いつつ、顔には「不服」と書いてある。

「あったらきっと便利ですよ。きっと重宝すると思います」と私が言っても「絶対使わない」などと、反抗期の子供のようなことを言う。

先日、新型コロナウイルスワクチン接種のため、病院へ行った。75歳以上の高齢者の方が順番を待っておられた。その中でも車椅子に乗っているのは先生ともう一人だけ。

帰りの車の中で「年寄りばかりだったね」とまるで人ごとのように言う先生。

「あの中でも99歳の先生が一番年寄りですよ。何より、皆さんご自分で歩いて来られてますよ」と言うと、先生は「でもほんと『おばあさん』って感じの人ばかり」と言う。

「先生、一人で颯爽と歩いている気かもしれませんけど、車椅子に乗っていること忘れないでくださいね」と私が言うと、先生が「あ、忘れてた！」と笑った。

先生にはこれからも安全に過ごしてほしい。手すりがあってよかった、と思える日は来るだろうか？

（2021年6月）

先生の「最後の恋人」

寂聴先生と私の話題は「息子」でもちきりだ。「親バカ」ともいえる、ここでは書けないような称賛を息子は私たちから浴びている。

話しだすとどんどん熱を帯び、盛り上がってしまい、時々ふと我に返り「これ他人が聞いたら、おかしくなったと思われるよ」「確かに！こんなに私たちは褒めていても、周りから見たら『それほどでもないよ』と言われちゃうのかも」と2人して一息つく。

生まれた翌日に病室まで会いに来てくれて以来、いまや毎週息子は寂庵で先生に会っている。

部屋の場所を覚えていて、寂庵に着くなり、先生の部屋へ行く。私がそっと引き戸を開けてやると、息子は静かに先生のもとへ歩いていく。新聞を読んでいる先生は息子に気づいてはいない。「ほら、(庵主の)あんちゃんって呼んでごらん」と私が「せーの」と小さく声をかけると、「わーわー」と控えめな声を出す。もちろん耳の遠い先生には聞こえていない。

先生の集中している様子に息子も遠慮しているのか、少し距離を置いて見つめている。先生が息子に気づき「あら、来たの!」と声をかけると同時に息子は笑顔になり、先生に駆け寄っていく。

先生の部屋は息子にとっては面白いものがたくさんあるようで、いつも原稿用紙に絵を描いたり、たんすを開けては中のものを出したり。そんな2人の様子を私は陰ながらこっそり見ていた。あるとき、部屋にあったお菓子を息子が見つけ、先生に封を開けてもらった。先生の手のひらの上にのったお菓子を自分が食べるのかと思えば、一つを先生の口に入れた。

自分より先に先生に分けてあげる、まだ1歳半の息子の自然な行動に感動してしまった。これが2人の関係を物語っているといえる。

息子が来るとなると、夕方なのにお化粧をし始める先生。原稿にも息子のことを「私の最後の恋人」と書いてあった。邪気のない子どもの力ってすごい。

息子が先生の偉大さに気づくのはいつになるだろうか。

（2021年7月）

どんなときも耳を傾ける

「話を聞いてもらうこと」。それは私にとってとても重要である。自分の話に耳を傾けてもらうこと。うんうんと頷いてもらえること。「今忙しいから後でね」と後回しにされないこと。そして内容に応じてアドバイスや叱咤激励をもらうこと。

思春期の私は、自分の思いが複雑で、どう感じているのかうまく表現できなかったし、言葉にできなかった。学校であった嫌なこと、顔にニキビが出来てきて鏡を見るのが毎日うんざりしたこと、朝のニュースでの占いが最下位だと人生の終わりのように感じたこと。小さなことでもそのときの私には全てを左右するほど影響を与えたし、それをどう人に伝えるのかも分からなかった。そのため、ノートに思いのまま書きつづった。本を読み、誰かが自分の思いを代弁してくれている文章はノートに書き写した。

そのときの自分が望んでいたことは、ニキビに効く薬ではなくて、占いが1位になることでもなく、誰かに自分の言葉にできない思いをゆっくり時間をかけて聞いてもらうことだったのだ。

寂聴先生に出会ってから、私は何でも先生に話してきた。先生はどんなときでも、「後にして」と私をあしらうことはなかった。たとえ執筆中でも、ペンを置き、話を聞いてくれた。それがどんなにうれしかったか。先生にとってはくだらない、どうでもいい話ばかり。それでも、必ず聞いてくれた。

先日も「先生、相談があります」と話し始めた。急に髪の色をブロンドに近い明るい色にしたいと思ったから。秘書としての立場もあるけれど、先生から許可がおりればできる。

「好きなようにしなさい。似合うかもね！　もし誰かが『秘書としてけしからん』と言ってきたら、『あの子は急におかしくなったんです』と言うから」と先生は笑った。

結局、メンテナンスが面倒なので、やめるという結論に。先生はただ、私がこうしたい、でもやっぱやめる、というくだらない話の一連を聞かされただけであった。

「待って」「後にして」。日々忙しくしていると、つい私も息子に言ってしまう。どんなときでも先生のように息子の話に耳を傾ける余裕を持ちたい。


（２０２１年10月）

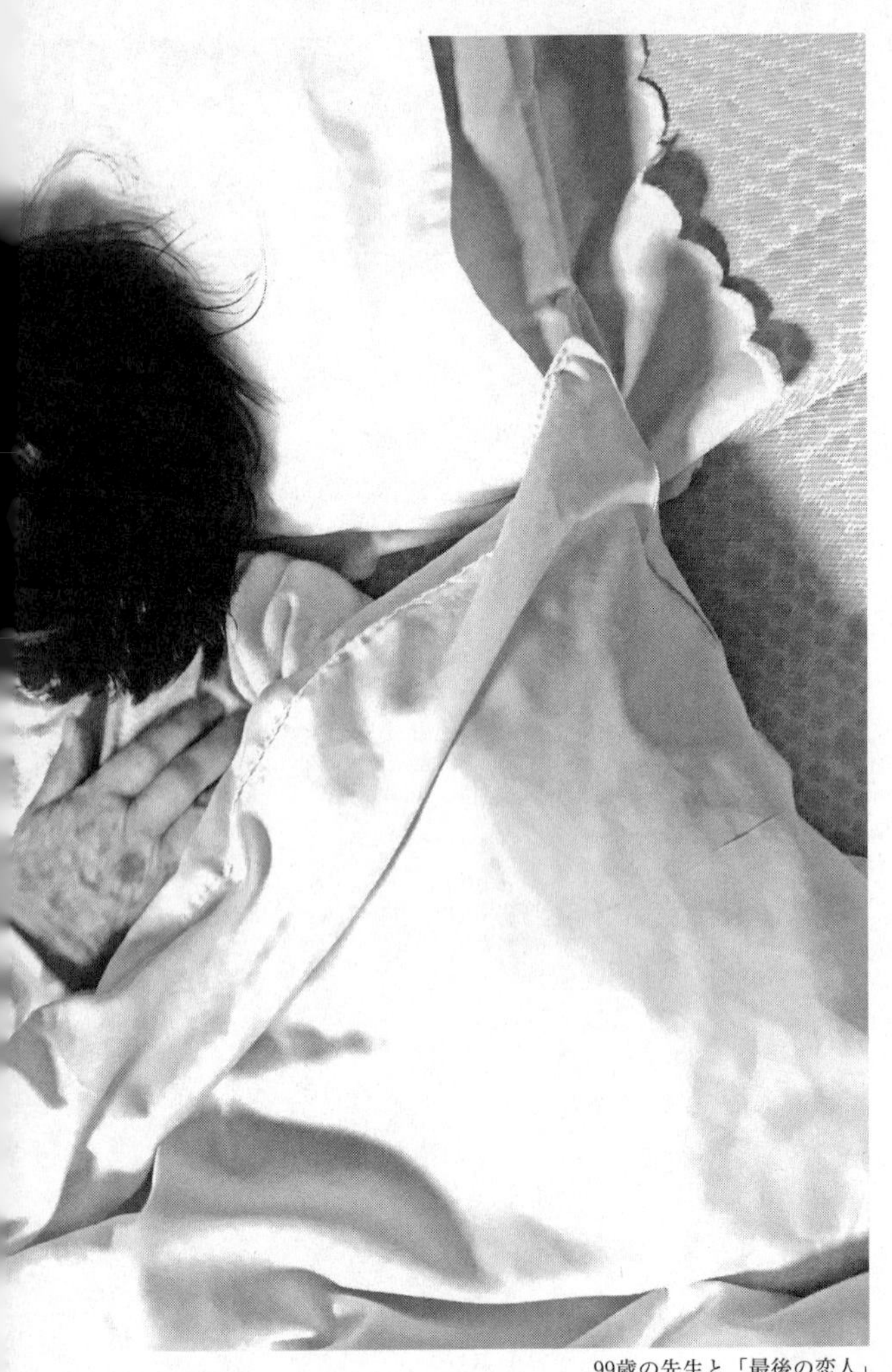

99歳の先生と「最後の恋人」

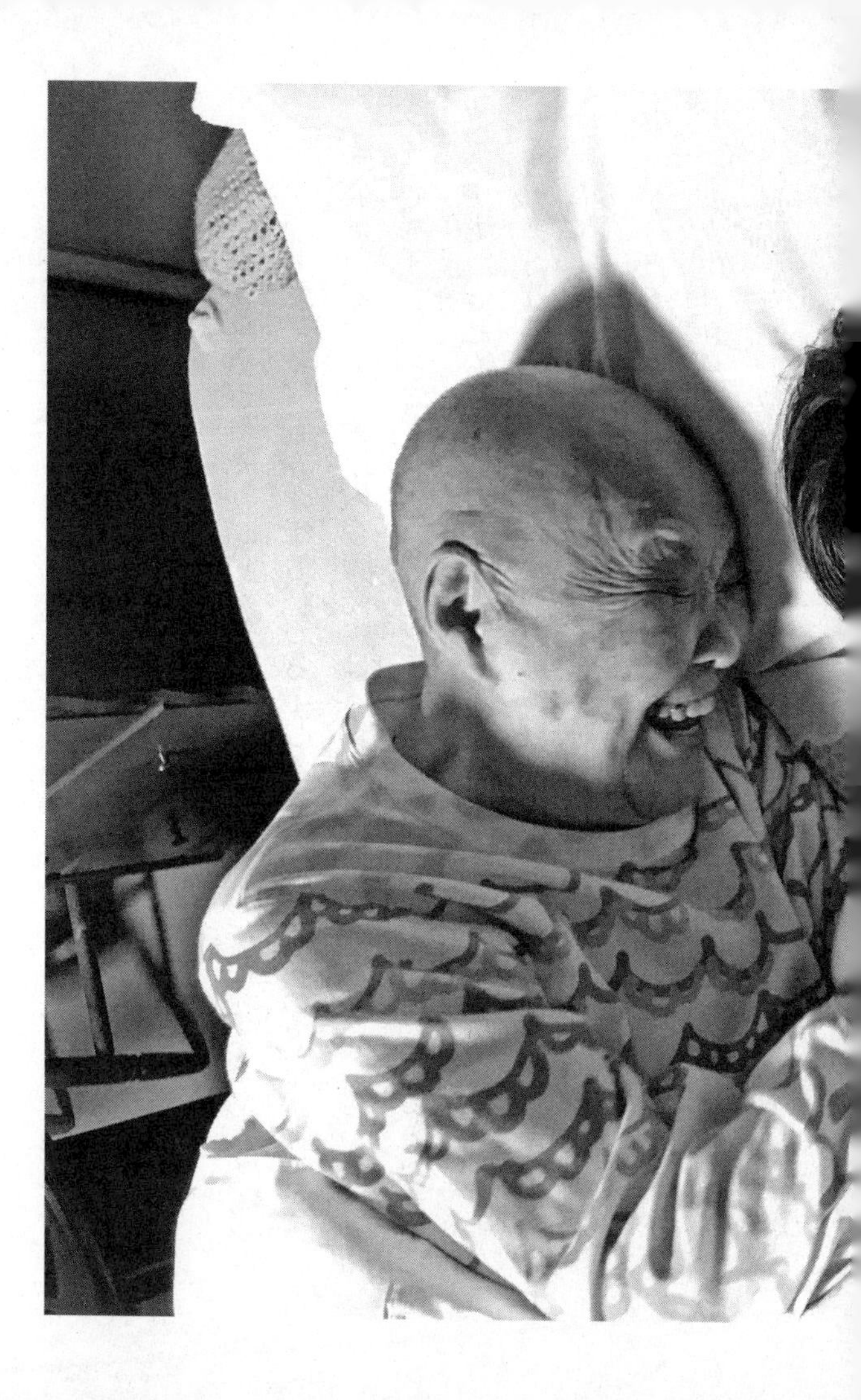

あとがき――寂聴先生を見送って

寂庵の紅葉が鮮やかに色づき、冷たい風をほほで感じながら、もう冬がやってくる、もう今年も終わるとしみじみ思う。私の息子が12月に2歳になるので、瀬戸内寂聴先生は、誕生日プレゼントにおもちゃを買ってあげて、と何度も言った。「先生、まだ先ですよ、そんなに急がなくても」と私もそのたびに話していた。

当たり前のように、11月14日の得度記念日を迎え、息子の誕生日のお祝いをして、年末はこたつを出して一緒に過ごそうと思っていた。それが今はもうかなわない。

先生は9月末に風邪をこじらせ肺炎になり、入院した。10月の初めに退院したが、数日後、心不全で再入院した。その時でさえ、私たちはいつもの入院だと思っていたし、またすぐ退院できるものだと思っていた。でも医師は、99歳の体はもう寿命がきていると言った。

10月の末に容体が急変し、そのまま先生は逝ってしまった。それでも最期まで私たちが話し掛ける言葉を理解し、うなずき反応してくれた。

先生はいつも数え年で「100歳だから」と口癖のように言っていた。元気で若々しい先生は、100歳なんて軽く超えていくものだと皆思っていた。

もう長くないと医師から告げられた途端、私の中で何かが崩れ落ちて、思わず「耐えられない」と人目をはばからず泣いてしまった。亡くなる前夜、病室で先生と二人きりになる時間があった。私が一方的に話し続けていて、先生は静かに聞いていた。「大丈夫、先生良くなるよ。寂庵へ帰ろうね」

寂庵に早く帰りたがっていた先生は、その願いがかなうことなく、翌

11月9日朝に息を引き取った。その瞬間まで私は先生のそばにいた。先生が骨になったのもこの目で見た。けれど、先生がこの世にいないことを私はいまだに理解できていない。

先生の死後、いろいろなことがわっと押し寄せてきてその対応に追われ、忙し過ぎて、悲しむ暇もない。先生が今も入院しているようで、早く迎えに行かなきゃ、と思ってしまう。先生がいないこの先を私はどう過ごそう。笑ってほしい、喜んでほしいと思う相手を失ってしまい、ただただ寂しい。先生、もう一度会いたい。もう一度話したい。もう一度笑ってほしい。

先生と過ごした10年間は本当に幸せだった。先生が大好きで、大切だった。先生に、長い間お疲れさまでした、ありがとうございました、と最後に声を掛けた。

（2021年11月）

文庫あとがき

私は秋が嫌いだ。

夏の暑さが急にいなくなって、夕方になると肌寒くなる。いつの間にかうるさいほど自己主張していた蟬(せみ)の鳴き声も消え、カフェで注文する飲み物も温かいものへと変わる。

でもそれが嫌いなんじゃない。私が嫌いなのは、寂聴先生が亡くなったことを強く思い出すからだ。

２０２１年11月９日、瀬戸内寂聴先生は99歳という長い人生を終えた。このころの記憶はドタバタで忙しく、哀しさよりもやるべきタスクが多すぎて大変だったこととしかない。

そんな中、もともと１月に出版を予定していたこの本を、先生が亡くなったことをうけ、さらに加筆をする必要があった。既に書いていたまえがきは、これからもこの日々が続くと疑わず信じていた私の前向きな内容で、急に「はい、終わり」と言われたかのように、私と先生との日々が終了したことを書かないといけなくなってしまった。

今読み返すと11月17日、先生が亡くなって8日しかたっていない、まだ日が浅いそんな中、私は書いている。どんな気持ちで、先生の死と向き合ったのだろう。多分、涙は流していない。私はいまだ、そのときの自分の想いをすくい取ってあげることができていない。

忙しい日々に甘えて、私は先生がもうこの世にいないことをわかっている体(てい)で話はするも、本当の自分の気持ちに蓋(ふた)をしていた。だから、私は涙を流さなかったのだ。だって、実感していなかったから。まだ先生が入院しているような気がしていたから。

どこかのタイミングで、もし私がふと落ち着いて、先生の死と向き合ったら、悲しみの沼にどぶどぶと沈み込んで、きっともう這い上がることができないと知っていたからだ。それが怖かった。

だから、私は先生の不在と向き合うことをしなかった。先生のことを想い何日も泣き続け、布団の中に潜り込んで、社会とのつながりを遮断して、自分だけの世界に引きこもりたい、そんな思いは確かにあった。けれど、私には子どもがいる。

先生が死んだ日の夕方、私はいつもと同じように保育園へ迎えに行き、帰りにスーパーで総菜を買って帰った。「先生が死んだのに、何やってるんだろう」って自分のことを鼻で笑った。嫌でも、子どものために〝日常〟を送らないといけない。でもそれが、私を〝平常〟に保てた唯一の方法だった。

一周忌が過ぎた頃くらいに、私の気持ちは少しずつ落ち着いていったように思う。しかしまた一年が過ぎて三回忌を迎えた今も、いまだに心の中の蓋を開けていない。

それでも月日が過ぎていく中、何かの瞬間に先生がいないことを痛感する。先生が好きだった食べ物や、先生に似合いそうなセーターを見つけても、それを贈ることができないことを。

先生のことを書いたり、話す度に涙が出てくる。もう先生がこの世にいないことは誰もがわかっていて、私も受け入れている。

10年間一緒に過ごした日々を、この本を通して、私はまた思い出す。こうして、書いていてよかった。私の記憶などあてにならない。だって、これからもっともっと私の人生が続いていく中で、少しずつ先生との記憶が薄れていってしまうかもしれないから。

先生との日々は、楽しくておもしろかった。先生の笑顔を引き出すために、四苦八苦して体をはってふざけてみたり、先生がいてくれてよかった！　って何度も思わせてくれて、「まなほと出会えてよかった」って言ってもらえて、「それは私こそです！」と返したことも、自分の死後も私のことを心配してくれるその優しさも、全部全部好きだった。

　99年間、４００冊以上の本を世に送り出すという偉業を成し遂げ、僧侶としても、悩み苦しむ人の声に耳を傾け多くの人の心に寄り添った。最期まで、ペンを離さず、大作家という立場に甘んじず、より良いものを書きたいという一心を貫き通した、その姿は作家であった。

　私は99年間という長い人生のほんの10年間の時間を一緒に過ごさせてもらった。あっという間でまだまだ続くと思っていたけれど、最後の最期に先生が教えてくれたことは、「愛する人を失う悲しさ」だった。

　会いたい、会いたいと毎日思うし、いまだに涙が出てくるし、淋しいし。そんな思いで未練たらたらでも、私はすべてひっくるめて、『偲（しの）ぶ』という行為だと思う。それがこの2年間でわかったこと。

　2年前と何が変わった？　なんて聞かれても明確に答えられないけれ

ど、今でも先生のことが大好きなのは変わらないし、先生を想い続けている。

書いたものを編集の方に褒めてもらえたこと、講演がうまくいったこと、子どもたちが元気で面白くて日々笑わせてくれること、先生がいなくても頑張っていることを報告したい。

「瀬戸内寂聴」の魅力をもっとたくさんの人に伝えられますように。私がもっともっと成長できますように。一人でも強くなれますように。

先生との日々がここにあって、それを読んで下さった皆々様に感謝します。

（2023年11月）

●本書は二〇二二年一月に、小社より刊行されました。
文庫化にあたり、一部を加筆・修正しました。

|著者| 瀬尾まなほ　1988年、兵庫県生まれ。京都外国語大学英米語学科卒。卒業と同時に寂庵に就職。2013年、長年勤めていた先輩スタッフたちが退職し、66歳離れた秘書として奮闘の日々が始まる。'17年６月より共同通信社の連載「まなほの寂庵日記」を開始。同年11月に出版したエッセイ『おちゃめに100歳！寂聴さん』（光文社）がベストセラーになる。'21年４月、読売新聞の連載「秘書・まなほの寂庵ごよみ」を開始。困難を抱えた若い女性たちを支援する「若草プロジェクト」の理事も務める。他の著書に『寂聴先生、ありがとう。 秘書の私が先生のそばで学んだこと、感じたこと』（朝日新聞出版）、『＃寂聴さん　秘書がつぶやく２人のヒミツ』（東京新聞）などがある。

寂聴（じゃくちょう）さんに教（おそ）わったこと

瀬尾（せお）まなほ

定価はカバーに
表示してあります

2024年１月16日第１刷発行

発行者――森田浩章
発行所――株式会社　講談社
東京都文京区音羽2-12-21　〒112-8001
電話　出版（03）5395-3510
　　　販売（03）5395-5817
　　　業務（03）5395-3615

Printed in Japan

デザイン―菊地信義
本文データ制作―講談社デジタル製作
印刷―――株式会社KPSプロダクツ
製本―――株式会社国宝社

ISBN978-4-06-534397-5

講談社文庫刊行の辞

二十一世紀の到来を目睫に望みながら、われわれはいま、人類史上かつて例を見ない巨大な転換期をむかえようとしている。

世界も、日本も、激動の予兆に対する期待とおののきを内に蔵して、未知の時代に歩み入ろうとしている。このときにあたり、創業の人野間清治の「ナショナル・エデュケイター」への志を現代に甦らせようと意図して、われわれはここに古今の文芸作品はいうまでもなく、ひろく人文・社会・自然の諸科学から東西の名著を網羅する、新しい綜合文庫の発刊を決意した。

激動の転換期はまた断絶の時代である。われわれは戦後二十五年間の出版文化のありかたへの深い反省をこめて、この断絶の時代にあえて人間的な持続を求めようとする。いたずらに浮薄な商業主義のあだ花を追い求めることなく、長期にわたって良書に生命をあたえようとつとめるところにしか、今後の出版文化の真の繁栄はあり得ないと信じるからである。

同時にわれわれはこの綜合文庫の刊行を通じて、人文・社会・自然の諸科学が、結局人間の学にほかならないことを立証しようと願っている。かつて知識とは、「汝自身を知る」ことにつきていた。現代社会の瑣末な情報の氾濫のなかから、力強い知識の源泉を掘り起し、技術文明のただなかに、生きた人間の姿を復活させること。それこそわれわれの切なる希求である。

われわれは権威に盲従せず、俗流に媚びることなく、渾然一体となって日本の「草の根」をかたちづくる若く新しい世代の人々に、心をこめてこの新しい綜合文庫をおくり届けたい。それは知識の泉であるとともに感受性のふるさとであり、もっとも有機的に組織され、社会に開かれた万人のための大学をめざしている。大方の支援と協力を衷心より切望してやまない。

一九七一年七月

野間省一

鶴見俊輔

ドグラ・マグラの世界／夢野久作　迷宮の住人

解説＝安藤礼二

つＪ2

忘れられた長篇『ドグラ・マグラ』再評価のさきがけとなった作品論と夢野久作の来歴ならびにその作品世界の真価に迫る日本推理作家協会賞受賞の作家論を収録。

978-4-06-534268-8

高橋源一郎

君が代は千代に八千代に

解説＝穂村　弘　年譜＝若杉美智子・編集部

たＮ5

「この日本という国に生きねばならぬすべての人たちについて書くこと」を目指し、ありとあらゆる状況、関係、行動、感情……を描きつくした、渾身の傑作短篇集。

978-4-06-533910-7

講談社文庫　目録

芥川龍之介　藪の中
有吉佐和子　新装版 和宮様御留
阿刀田 高　ナポレオン狂
阿刀田 高　新装版 ブラック・ジョーク大全
安房直子　春の窓〈安房直子ファンタジー〉
相沢忠洋　「岩宿」の発見〈幻の旧石器を求めて〉
赤川次郎　偶像崇拝殺人事件
赤川次郎　人間消失殺人事件
赤川次郎　三姉妹探偵団
赤川次郎　三姉妹探偵団2〈キャンパス篇〉
赤川次郎　三姉妹探偵団3〈珠美・初恋篇〉
赤川次郎　三姉妹探偵団4〈怪奇篇〉
赤川次郎　三姉妹探偵団5〈復讐篇〉
赤川次郎　三姉妹探偵団6〈危機一髪篇〉
赤川次郎　三姉妹探偵団7〈駈け落ち篇〉
赤川次郎　三姉妹探偵団8〈人質篇〉
赤川次郎　三姉妹探偵団9〈青ひげ篇〉
赤川次郎　三姉妹探偵団10〈父恋し篇〉
赤川次郎　死が小径をやってくる〈三姉妹探偵団11〉

赤川次郎　死神のお気に入り〈三姉妹探偵団12〉
赤川次郎　次女と野獣〈三姉妹探偵団13〉
赤川次郎　心地よい悪夢〈三姉妹探偵団14〉
赤川次郎　ふるえて眠れ、三姉妹〈三姉妹探偵団15〉
赤川次郎　三姉妹、呪いの道行〈三姉妹探偵団16〉
赤川次郎　三姉妹、初めてのおつかい〈三姉妹探偵団17〉
赤川次郎　恋の花咲く三姉妹〈三姉妹探偵団18〉
赤川次郎　月もおぼろに三姉妹〈三姉妹探偵団19〉
赤川次郎　三姉妹、ふしぎな旅日記〈三姉妹探偵団20〉
赤川次郎　三姉妹、清く貧しく美しく〈三姉妹探偵団21〉
赤川次郎　三姉妹と忘れじの面影〈三姉妹探偵団22〉
赤川次郎　三姉妹、舞踏会への招待〈三姉妹探偵団23〉
赤川次郎　三人姉妹殺人事件〈三姉妹探偵団24〉
赤川次郎　三姉妹、さびしい入江の歌〈三姉妹探偵団25〉
赤川次郎　三姉妹、恋と罪の峡谷〈三姉妹探偵団26〉
赤川次郎　静かな町の夕暮に
赤川次郎　キネマの天使〈レンズの奥の殺人者〉
新井素子　グリーン・レクイエム〈新装版〉
安能務 訳　封神演義 全三冊

安西水丸　東京美女散歩
綾辻行人　殺人方程式〈切断された死体の問題〉
綾辻行人　鳴風荘事件 殺人方程式II
綾辻行人　十角館の殺人〈新装改訂版〉
綾辻行人　水車館の殺人〈新装改訂版〉
綾辻行人　迷路館の殺人〈新装改訂版〉
綾辻行人　人形館の殺人〈新装改訂版〉
綾辻行人　時計館の殺人〈新装改訂版〉
綾辻行人　黒猫館の殺人〈新装改訂版〉
綾辻行人　暗黒館の殺人 全四冊
綾辻行人　びっくり館の殺人
綾辻行人　奇面館の殺人(上)(下)
綾辻行人　どんどん橋、落ちた〈新装改訂版〉
綾辻行人　緋色の囁き〈新装改訂版〉
綾辻行人　暗闇の囁き〈新装改訂版〉
綾辻行人　黄昏の囁き〈新装改訂版〉
綾辻行人　人間じゃない〈完全版〉
綾辻行人ほか　7人の名探偵
我孫子武丸　探偵映画

講談社文庫　目録

我孫子武丸　新装版 8の殺人
我孫子武丸　眠り姫とバンパイア
我孫子武丸　狼と兎のゲーム
我孫子武丸　新装版 殺戮にいたる病
我孫子武丸　修羅の家
有栖川有栖　ロシア紅茶の謎
有栖川有栖　スウェーデン館の謎
有栖川有栖　ブラジル蝶の謎
有栖川有栖　英国庭園の謎
有栖川有栖　ペルシャ猫の謎
有栖川有栖　幻想運河
有栖川有栖　マレー鉄道の謎
有栖川有栖　スイス時計の謎
有栖川有栖　モロッコ水晶の謎
有栖川有栖　インド倶楽部の謎
有栖川有栖　カナダ金貨の謎
有栖川有栖　新装版 マジックミラー
有栖川有栖　新装版 46番目の密室
有栖川有栖　虹果て村の秘密
有栖川有栖　闇の喇叭（らっぱ）
有栖川有栖　真夜中の探偵
有栖川有栖　論理爆弾
有栖川有栖　名探偵傑作短篇集 火村英生篇
浅田次郎　勇気凛凛ルリの色
浅田次郎　霞町物語
浅田次郎　ひとは情熱がなければ生きていけない〈勇気凛凛ルリの色〉
浅田次郎　シェエラザード(上)(下)
浅田次郎　歩兵の本領
浅田次郎　蒼穹の昴 全四巻
浅田次郎　珍妃の井戸
浅田次郎　中原の虹 全四巻
浅田次郎　マンチュリアン・リポート
浅田次郎　天子（てんし）蒙塵（もうじん） 全四巻
浅田次郎　天国までの百マイル
浅田次郎　地下鉄（メトロ）に乗って〈新装版〉
浅田次郎　おもかげ
浅田次郎　日輪の遺産〈新装版〉
青木玉　小石川の家
天樹征丸 画・さとうふみや　金田一少年の事件簿 小説版〈オペラ座館・新たなる殺人〉
天樹征丸 画・さとうふみや　金田一少年の事件簿 小説版〈雷（いかずち）祭（まつり）殺人事件〉
阿部和重　アメリカの夜
阿部和重　グランド・フィナーレ
阿部和重　A B C〈阿部和重初期作品集〉
阿部和重　ミステリアスセッティング
阿部和重　IP/NN 阿部和重傑作集
阿部和重　シンセミア(上)(下)
阿部和重　ピストルズ(上)(下)
阿部和重　アメリカの夜 インディヴィジュアル・プロジェクション〈阿部和重初期代表作Ⅰ〉
阿部和重　無情の世界 ニッポニアニッポン〈阿部和重初期代表作Ⅱ〉
甘糟りり子　産む、産まない、産めない
甘糟りり子　産まなくても、産めなくても
赤井三尋　翳（かげ）りゆく夏
あさのあつこ　NO.6〔ナンバーシックス〕#1
あさのあつこ　NO.6〔ナンバーシックス〕#2
あさのあつこ　NO.6〔ナンバーシックス〕#3
あさのあつこ　NO.6〔ナンバーシックス〕#4
あさのあつこ　NO.6〔ナンバーシックス〕#5

講談社文庫　目録

麻見和史　蝶の力学〈警視庁殺人分析班〉
麻見和史　雨色の仔羊〈警視庁殺人分析班〉
麻見和史　奈落の偶像〈警視庁殺人分析班〉
麻見和史　鷹の砦〈警視庁殺人分析班〉
麻見和史　凪の残響〈警視庁殺人分析班〉
麻見和史　天空の鏡〈警視庁殺人分析班〉
麻見和史　賢者の棘〈警視庁殺人分析班〉
麻見和史　深紅の断片〈警防課救命チーム〉
麻見和史　邪神の天秤〈警視庁公安分析班〉
麻見和史　偽神の審判〈警視庁公安分析班〉
有川　浩　三匹のおっさん
有川　浩　三匹のおっさん　ふたたび
有川　浩　ヒア・カムズ・ザ・サン
有川　浩　旅猫リポート
有川ひろ　アンマーとぼくら
有川ひろ ほか　ニャンニャンにゃんそろじー
荒崎一海　門前仲町〈九頭竜覚山　浮世綴(一)〉
荒崎一海　蓬萊橋雨景〈九頭竜覚山　浮世綴(二)〉
荒崎一海　寺町哀感〈九頭竜覚山　浮世綴(三)〉

荒崎一海　小名木川〈九頭竜覚山　浮世綴(四)〉
荒崎一海　一色町雪花〈九頭竜覚山　浮世綴(五)〉
朱野帰子　駅物語
朱野帰子　対岸の家事
東　浩紀　一般意志2・0〈ルソー、フロイト、グーグル〉
朝倉宏景　白球アフロ
朝倉宏景　野球部ひとり
朝倉宏景　つよく結べ、ポニーテール
朝倉宏景　あめつちのうた
朝倉宏景　エール〈夕暮れサウスポー〉
朝倉宏景　風が吹いたり、花が散ったり
朝井リョウ　スペードの3
朝井リョウ　世にも奇妙な君物語
有沢ゆう希／末次由紀 原作　〈小説〉ちはやふる　上の句
有沢ゆう希／末次由紀 原作　〈小説〉ちはやふる　下の句
有沢ゆう希／末次由紀 原作　〈小説〉ちはやふる　結び
有沢ゆう希　小説　パーフェクトワールド〈君といる奇跡〉
有沢ゆう希／原作：金田一蓮十郎／脚本：徳永友一　小説　ライアー×ライアー
秋川滝美　幸腹な百貨店

秋川滝美　幸腹な百貨店〈デパ地下おにぎり騒動〉
秋川滝美　幸腹な百貨店〈催事場で蕎麦屋呑み〉
秋川滝美　マチのお気楽料理教室
秋川滝美　ヒソップ亭〈湯けむり食事処〉
秋川滝美　ヒソップ亭2〈湯けむり食事処〉
赤神　諒　神遊の城
赤神　諒　大友二階崩れ
赤神　諒　大友落月記
赤神　諒　酔象の流儀　朝倉盛衰記
赤神　諒　空貝〈村上水軍の神姫〉
赤神　諒　立花三将伝
彩瀬まる　やがて海へと届く
浅生　鴨　伴走者
天野純希　有楽斎の戦
天野純希　雑賀のいくさ姫
青木祐子　コーチ！〈はげまし屋・立花とこのクライアントファイル〉
秋保水菓　コンビニなしでは生きられない
相沢沙呼　medium　霊媒探偵城塚翡翠
相沢沙呼　invert　城塚翡翠倒叙集

講談社文庫　目録

2023年12月15日現在